두 발을 온전히
디딜 수 없는 곳에서

2023년 봄

이소호

나의 미치광이 이웃

나의 미치광이 이웃 *

이소호

위즈덤하우스

- 이 소설의 제목은 스페이스K 서울에서 열린 전시회 〈다니엘 리히터: 나의 미치광이웃〉에서 가져왔다.

그해 가을 하늘은 유난히 두텁고 어두웠다. 오존층 위로 수도 없이 쏘아 올린 인공위성들이 수명을 다한 채 하늘을 빽빽하게 메운 지 오래되었기 때문이었을까. 덕분에 우주 쓰레기들로 가득 찬 하늘은 더는 푸르지 않았다. 뭉게구름과 안개를 구분하기 어려워졌다. 노이즈가 가득 낀 사진을 보는 것처럼, 한 꺼풀 덧씌운 것처럼 세상은 뿌옇고, 옅게, 그렇게 보였다. 때문에 농작물은 잘 자라지 않았다. 선택받은 비옥한

농토들을 가진 나라 몇몇이 새로이 강국으로 올라섰다. 전 세계적으로 파머 붐이 불었고, 한국에서는 모두가 유교를 포기하고 선산을 파헤쳐 농토로 일구었다. 먹고살기 위한 발악이었다. 그러나 변한 건 아주 조금이었다. 거대한 변화가 아니었다. 느린 속도로 빙하가 녹으면서 해수면이 상승했고, 침수하는 나라나 도시가 조금 늘어났다. 나라를 잃은 사람들이 다른 나라로 뿔뿔이 이주했다는 뉴스가 심심치 않게 자막으로 흘러나오고 있었다. 그렇게 사람들은 오늘 조금 더 척박해졌다. 오늘 더 어두워졌고, 오늘 조금 덜 먹고, 오늘 조금 더 불편해진 세상에서도 자신에게 주어진 신성한 노동을 하며 월급을 타갔다. 예전부터 늘 그랬듯이.

한참이나 뒤늦게 리뷰어가 된 엄마는

3만 원짜리 시금치 언박싱 영상을 찍으며 말했다. "여러분 제가 결혼할 때까지만 해도 시금치는 한 단에 1만 5000원이었어요."
우리는 언박싱에 이용당한 채 숨이 잔뜩 죽은 시금치무침이 된 시금치를 먹으며 조용히 젓가락질을 했다. 대신에 넘치는 생선으로 배를 채웠다. 철 밥그릇을 잃은 공무원 아버지는 떵떵거리며 말했다. "미래에 코인을 잔뜩 사라느니, 화성에 가서 살 거다, 자동차 따위가 날아다닌다고 누가 그런 개소리를 지껄여서 세상이 다 이 지경이 된 거야. 내가 그 사람들만 생각하면 아직도 분해서 잠이 안 와. 진짜 지금이라도 당장 그 사람들 다 잡아다가 농사일이나 시켜야 하는데."

이렇게 먹고살기도 빠듯한 세상에 태어난 나는, 왜였을까. 불행히도 나는 유화를

사랑했다. 이우환을 이쾌대를 윤형근을
사랑했다. 유화를 사랑했으므로 미대를
나왔다. 미술을 하기 전, 풀을 잔뜩 먹인
빳빳한 하복 교복을 입었던 시절이 생각난다.
양손에는 엄마를 졸라서 산 싸구려 이젤과
팔레트와 붓을 들었다. 붓은 몇 번만 세척제에
담갔다 빼면 여러 갈래로 갈라지기 일쑤였다.
캔버스의 호수는 늘 작았다. 문고판 넓이를
넘지 않는 곳에 늘 오밀조밀하게 그림을
채워 넣어야 했다. 누군가는 그림을 그리면
잡념으로부터 멀어진다고 말했지만 나에게
그림은 그 반대였다. 계속해서 벽 전체를
채우는 그림을 그리고 싶다는 생각을 했던
것 같다. 그러나 내가 사랑하는 미술은 비싼
공부였다. 나는 계속 손을 벌렸다. 참다못한
엄마는 그림을 그만 그릴 수 없겠느냐고
말하기까지 했다. 그렇게 내 덧칠 하나에

돈, 덧칠을 배우는 값으로 또 돈, 그리고
작가가 된 후에는 무명 시절을 버티기 위해
돈이 필요했다. 이름을 얻은 다음에는 돈이
불필요한가? 아니다. 미술의 배움은 끝이
없다. 그래서 나는 학비가 싼 독일에서 석사를
마쳤다.

　유학까지 다녀오고 나면, 훌륭한 작가가
되어 있을 줄 알았던 것은 나의 지나친
착각이었다. 그동안 내가 배운 것은 예술적
배움이었을 뿐, 예술가로서 살아가는 배움은
아니었던 셈이다. 마트에서 묵은쌀 한 줌을
사서 그걸 물에 말아 먹으면서도, 물에
불어 밥알이 둥둥 떠다니는 것을 휘휘 저어
먹으면서도 뭘 해야 할지 몰랐다. 일생의
절반, 그 이상에 걸쳐 배운 거라곤 그림을
그리는 것 말고는 없어서, 그 와중에도 내내
성실하게 '의미 없는 하루'를 그리기 위해

붓을 들던 기억이 난다. 이제 나는 뭘 해서
먹고살 수 있을까. 지금까지 미술만 했는데.
막막했다. 돌이키기엔 너무 늦었다, 생각했다.
하필 나는 이토록 비싼 미술을 사랑해서,
때문에 우리 집 평수는 조금씩 작아졌다. 나
때문인 줄 알면서도 모른 척 그림을 배웠고
모른 척 꿈을 꿨다. 모른 척 값비싼 물감을
사서 제일 멋진 포트폴리오를 만들고 모른 척
셀 수 없을 만큼의 캔버스를 망쳤고 모른 척
어학원을 다니다 모른 척 석사 유학을 갔다.
그러나 그만둬야 한다는 생각은 하지 못했다.
내 친구들은 모두 그렇게 했다. 유명 작가가
될 수 있다는 일말의 가능성에 모든 걸 건
나는, 오지도 않을 기회를 상상하며 이 판을
견딜 궁리만 했다. 그렇게 그만두는 방법도
모르고 용기도 없던 나는 포기할 기회마저
영영 놓쳐버리게 되었다.

어중이떠중이.

가족은 날 이렇게 불렀다.

이윽고 나는 '작가'로 데뷔할 때까지, 이 세계에 오롯이 버티기 위해 신생 갤러리의 도슨트 일을 하게 되었다. 그림은 그리는 것만큼 보는 것도 중요하다. 보는 것만큼 중요한 것은 아는 것이다. 그래서 작가는 어떤 모습으로든 그림 앞에 선다. 물론 상상하던 모습과는 다르지만, 괜찮다. 관람객을 사이에 두고 입을 뗀다. "지금 보고 있는 작품은 2073년에 소실된 클로드 모네의 〈수련〉입니다." 나는 빔 프로젝트로 쏘는 모네의 그림 앞에서 이 작품이 얼마나 위대한지 설명하고 있었다. 소실 직전 나는 오랑주리 미술관에서 모네의 작품을 실제로 본 적이 있다. 모네의 작품은 실로 거대하고 흐렸다. 관람객이 시선을 두는 것만으로도 수련이 가득 핀 정원을 경험하게 했다. 흐릿한 잔상이, 물 위로 자라난 모난 수풀이, 연잎이 어우러져 거대한 호수를 이루고 있었다. 피사체가 또렷하지 않은데도 피사체를 이토록 섬세하게 그려낼 수 있을까? 산란하는 빛이 아름답다는 생각은 모네의 작품을 보고 처음 해봤다. 모네가 가진 수련의 경이로움과 아름다움을 빔 프로젝트는 다 담지 못했다. 그러나 실물을 본 적 없는 사람들은 작품을 보고 경탄을 아끼지 않았다. "너무나 아름답네요. 실물은 이것보다 낫겠죠?" 관람객 중 누군가 내게 물었다. "복제는 복제일 뿐이죠." 나는 모네를 추켜세우며 최선을 다해 답했다. "아쉽네요. 그 좋은 작품들이 전부 소실되다니. 폭동 전에 유럽

여행만 갔어도 다 볼 수 있는 거였는데. 이 멋진 작품을 이 정도로밖에 볼 수 없다니." 이렇게 말하고 관객은 돌아섰다. 모네에 대해 실컷 떠들고 보니 나는 빔 프로젝트 같았다. 무명의 거울 같았다. 남들이 밟아온 코스를 따라가는 것도 벅차고, 재능마저 그럭저럭이었던 나는 사람들 사이에 서 있었다.

모네의 작품을 설명하던 어느 날이었다. 명화의 귀퉁이에 앉아 휴식을 취하던 내게 관장이 다가와 슬쩍 물었다. "유리 씨는 문화 폭동 이전의 모네를 본 적 있지?" "네." "그럼 지금 이게 얼마나 색감을 해치고 있는지 잘 알겠네?" 관장의 말에 나는 조금 고민했다. 모네에 대해 어떻게 표현할 수 있을까. "이것보다 조금 어둡고, 푸른빛이 돌았어요. 여기 빛이 으깨지는 부분은 조금 뭉툭했고요"라고 시큰둥하게 답했다. 이 대답이 내 인생을 어떻게 바꿀지 한 치 앞도 모르고.

다음 전시에서 나는 미디어 아트 수업을 들어봤다는 이유와, 세계 곳곳에 전시됐던 명화의 원화를 본 적이 있다는 이유만으로 도슨트에서 작가로 전향하여 전시를 하게 되었다. 관장의 추천이 있었다고 전해졌다. 원작이 있다는 것이 마음에 걸렸지만 나는 가릴 처지가 아니었다. 어중이떠중이보단 나았다. 당장에 작가란 타이틀이 중요했던 내게 '미디어 아트 작가'라는 말은 꽤 근사한 위로가 되었다. 범세계적으로 문화 폭동이 일어나기 전 실물을 본 적이 있던 '나'는 어쩌다 보니 한국에 몇 없는 인재였던 셈이다.

그러니까 요즘에는 소실된 작품을 미디어로 복구하여 관람객에게 체험할 수 있게 하는 시장이 가장 활발했는데, 나도 바로 그 시장으로 뛰어든 것이다.

미디어 아트 작가로서 나의 첫 해외 전시는 베를린의 규모가 꽤 큰 갤러리에서 열린 단체전이었다. 나에게 할애된 곳은 아주 오래전부터 꿈꾸던 광활한 벽 한 면이었고, 작가는 고흐였다. 굳이 베를린까지 오지 않아도 된다고 갤러리에서는 한사코 말렸지만, 베를린행 비행기 티켓을 끊었다. 그 이후로는 내내 센서를 이용해 모션을 움직이는 방법만 연구했다. 어떻게 하면 더 완벽한 고흐가 될 수 있을까 생각했다. 청계천을 뛰어다니며 원하는 센서를 얻었다. 예전에 배웠던 코딩 책을 읽고, 미디어 아트를

전공했지만 결국 호남평야의 소작농이 된
친구에게 전화를 걸어 띄엄띄엄 여러 기술을
배웠다. 원하는 모션 코딩을 얻었다. 이제
여기 관람객만 있으면 된다. 움직임을 넣으면
반응한다. 나는 전시실에서 큐레이터와 함께
활발한 리허설을 진행했다. 스태프들은
감상하지 않고 반응에 반응했다. 반응하는
자신의 모습을 사진으로 찍어 간직할 뿐,
작품은 풍경을 자처한다. 그래. 비싼 예술에는
슬픈 대가가 따르는 법이다. 그렇게 나는 이름
없이 유명한 작가가 되었다.

　　전시회는 성공적이었다.
　　역시 고흐는 모두가 좋아하는 작가다.

　　전시는 막바지를 향해 달려가고 있었다.
나는 나의 인스턴트 아트를 보는 관람객들을

생경하게 바라보았다. 관객들로 인산인해를
이루고 있었으므로 모션 센서는 조금만
주의를 기울이지 않으면 오류를 남발했다.
나는 전시 관람 시간에 간격을 두고 센서를
교체하며 작품을 만졌다. 사이, 사람들은
서로를 찍어주며 순간을 남겼다. 아주 먼 옛날
쑥쑥이 들어 환각을 일으켰다던 압생트를
마시고 그린 그림처럼, 〈별이 빛나는 밤〉은
더욱 빛났다. 별은 어지러이 돌고, 밤은 어느
부분에서 잠시 빛났다. 하늘에 관람객이 손을
대면 잠시나마 자신의 별을 딸 수 있도록 다시
프로그램을 조절했다. 큐레이터는 소실된
고흐의 작품을 미디어로 볼 수 있게 되어
좋다고 했다. 나는 그에게 물었다. "요즘에는
유화 전시는 안 하시나요?" "그럼요. 요즘
누가 그런 걸 봐요. 지루하잖아요."

미아. 그녀는 내가 베를린 예술대학을
다니는 동안 내 룸메이트였다. 그녀는 내가
아는 한 세상에서 가장 지루한 천재로
남태평양의 작은 섬나라 키리바시의 난민
출신의 무국적자였다. 그녀는 2056년
해수면 상승으로 인해 난민이 된 후, 오직
해산물만 먹는 마라스코시언으로 살아가고
있었다. 그녀가 마라스코시언이 된 것은
아마도 신념이 아니라 생존의 문제였을
것이다. 그때는 그랬다. 지구 별 다수가
그랬다. 농작물이 하루하루 멸종해가는
까닭에 채식주의자는 더 이상 환경을 위한
종족이 될 수 없었다. 그래서 사람들은
자발적으로 먼저 육고기를 끊고 그다음에
닭을 시작으로 계란을 끊고 풀을 끊고
마지막으로 해산물을 먹기 시작했다. 우리는
흰 접시에 흰 테이블보를 덮고 무늬만 체리색

나무를 닮은 1인용 플라스틱 책상에 의자 두 개를 가져다가 나란히 앉았다. 나와 미아는 언제나 둘이 정한 시간에 책상에서 만나, 피시앤드칩스를 즐겨 먹었다. 물론 칩스의 양은 굉장히 적었고 피시의 양은 많았다. 와중에 칩스는 언제나 내 몫이었다. 미아는 접시를 번갈아 보았다. "이 작은 감자가 14유로라는 게 믿겨? 나는 언젠가 실컷 배부르게 감자를 먹었으면 좋겠어."

　국적 때문인지 신념 때문인지 미아는 소문이 많은 친구였다. 아니다. 친구라는 말은 정정하고자 한다. 미아는 친구를 만들기 위한 노력조차 하지 않았다. 그러므로 당연히 주변에 사람이 없었다. 그녀는 그나마 겨우 있던 인연도 끊는 괴상한 습관을 가지고 있었다. 전화를 개통하는 대신 때마다

알디에서 유심칩을 사다가 썼는데 한 달
내지 두 달마다 번호가 바뀌어서 학과
사무실 등에 급한 일이 터지면 늘 난처한
상황이 이어지곤 했다. 우리는 뒤에서
미아를 욕했다. "이래서 결핍이 많은
애들이랑은 말도 섞는 게 아니야. 하는 짓도
음침하잖아. 누가 자길 버리지도 않았는데,
버림받을까 봐 두려워서 먼저 끊어버리는
게 웃기지도 않아." 우리는 미아를 그렇게
생각했다. 생각해보면 틀린 말도 아니다.
미아는 어린 시절의 트라우마 때문인지는
몰라도 자신의 신변에 대해 이야기하는
것을 극도로 꺼려, 한동안 말을 섞은 사람이
단 한 사람도 없었다. 다만 그녀는 말 대신
행동을 하는 사람이었다. 그녀는 학교 내부의
아나키스트였다. 강압적인 수업을 거부하기
위해서 테러를 감행한다며 글루건으로

교내 모든 강의실의 열쇠 구멍을 막아버린
사건은 유명했다. 그렇지만 이러한 기행에도
미아는 살아남았다. 교수들이 그녀의 작품을
너무 사랑했기 때문에. 특히 크리틱 시간은
미아를 위한 찬사의 시간에 불과했다. 모두가
둘러앉아 고해했다. 미아의 작품 아래서
자신의 작품이 얼마나 못난지 고백해야 했다.
그럼 교수님은 겸허히 우리를 용서하시었다.
어떤 수업을 들어도 교수님만 바뀔 뿐 상황은
바뀌지 않았다. 미아가 얼마나 천재인지
앞다투어 이야기하기 바빴을 뿐. 그래서
미아는 단 한 번도 혼나지 않았다. 그 어떤
괴이한 행동도 모두 천재의 치기 어린
장난쯤으로 생각하고 넘어갔다.

　　교수님이 미아를 얼마나 사랑했는지
알 수 있는 일화가 있다. 선풍기 모터를

가지고 작품을 만들어 오라는 과제를 받았던
날이었다. 나는 양모 펠트로 직조한 커다란 양
얼굴 뒤에 모터를 달았다. 그리고 뒤에 칼을
꽂았다. 그러니까 나는 모터를 가동하면 칼을
맞는 양 하나를 만든 것이다. 크리틱 시간에
모여 작품에 대해 설명하라는 교수의 말에
"이 작품은 선과 악을 보여주고 있어요. 양의
탈을 쓰고 있지만 사실 사람은 자신의 이익을
위해서라면 언제든지 칼을 꽂을 수도 있다는
것을 보여주고 싶었습니다" 하고 준비된
답변을 해내자 교수도 학생들도 끄덕였다.
이윽고 미아의 발표 시간이 다가왔다. 미아는
아무 말도 하지 않고 비커 안에 작동하고
있는 모터를 넣었다. 그리고 물을 가득
붓고 그 안에 성냥개비 몇 개를 얹어놓고
작품이라고 했다. 교수는 굉장히 만족스러운
표정을 지었다. 그러나 학생들은 서로 눈치만

볼 뿐 가만히 있었다. 마침내 용기 있는 한 학생이 결연한 표정으로 손을 들고 미아에게 질문했다. "혹시 물에 닿으면 감전되나요?" "네." 미아는 짧게 대답했다. 한참 동안 비커 속을 뱅뱅 도는 성냥개비들을 보던 교수님은 미아에게 작품의 제목을 물었다. 미아는 답했다. "푸시 백 작전이요." 교수는 아무것도 묻지 않고 미아의 작품이 가장 뛰어나다는 말만 남기고 수업을 끝냈다.

미아는 학우들 사이에서 시기와 질투의 대상이자 언제나 논쟁의 대상이었다. "씨발! 교수들이 오늘 단체로 뭘 잘못 먹은 거 아냐? 아니면 하루 종일 아무것도 못 처먹어서 보는 눈까지 돌아버린 것 아니냐고!" 수업이 끝나자마자 흥분한 자드가 말했다. "난 솔직히 유리 작품이 가장 좋았다고 생각해." 케이트도 거들었다. 수업은 늘 이런 식이었다.

미아의 작품은 모든 교수의 마음을 한눈에 사로잡았지만 정작 같은 예술을 하는 학생들은 와우 포인트가 뭔지 그 누구도 눈치채지 못했다. 모두가 나중에는 눈치채지 못한 우리들이 단체로 예술을 때려치워야 하는 건 아닐까 생각한다고 웃으며 말했다. 그 말에 나는, 미아가 현대미술을 아주 잘하는 작가라고 생각한다고 말했다. 잘 우겼다고 생각했다. 그때 우리는 미아에 대해서 잘 알지 못했으므로 〈푸시 백 작전〉이 얼마나 위대한 작품인지 아무도 알아채지 못했다. 그렇게 〈푸시 백 작전〉은 전설로 남았다.

정말 재미있는 일은 미아의 기행이 여기서 멈추지 않았다는 것이다. 미아는 1학기가 시작되고 얼마 지나지도 않았을 때 갑자기 회화과에서 조소과로 전과를

하겠다고 했다. 해서 학과 사무실이 발칵
뒤집어졌다. 전과하지 않아도 수업을 다 들을
수 있다고 전 교수진이 설득했으나 미아는
듣지 않았다. 미아는 이야기했다. "교수님,
저는 피사체가 고통받는 것을 더는 원하지
않아요." "피사체는 피사체일 뿐이란다."
미아는 고개를 거세게 저었다. "아니에요.
교수님. 피사체에게도 감정이 있어요. 저 망할
사람이 나를 그렸어, 라고 나를 원망하는 것이
저는 느껴져요. 저 새끼가 나를 허락도 없이
그렸어! 라고 사물이 말을 하고 있다고요."
묘한 정적이 흘렀다. 교수는 결심한 듯이
이야기했다. "그럼 자화상만 그리는 것은
어떠니?" 미아도 확고하게 자신의 결심을
이야기했다. "자화상을 그리는 것은 스스로를
괴롭히는 일이니까 괜찮아요. 감당할 수
있어요. 하지만 그건 전과를 하고도 할 수

있다고 생각해요. 저는 피사체에 너무 많은
잘못을 했어요. 정말 무언가 그리고 싶다면
스스로 정물을 만들며 용서받아야 한다고
생각해요." 그렇게 미아는 전교생이 모를 수
없을 정도로 요란하게 조소과로 전과했다.
듣기로는 종일 점토를 만지며 삼각뿔 두 개를
만들고 있거나, 회화 수업 시간에 자신의
얼굴만 주구장창 그리다가 떠난다고 했다.
하지만 내가 아는 진짜 미아의 이야기는
지금부터 시작된다. 새로운 기숙사 표를 받아
든 나는 그 자리에서 얼어붙고 만다. 바로
나의 방 배정표에서 미아의 이름을 발견하게
되었기 때문이다.

"원래 같이 쓰던 카타는 어디 가고 미아가
제 방으로 오게 됐어요?"

나는 미아의 이름이 적힌 종이를
가지고 교무처에 따져 물었다. 기숙사 담당
행정실장이 말했다. "너 몰랐구나. 카타는
학교를 그만둬버렸어." "아니 힘들게 입학한
학교를 왜 그렇게 쉽게 그만둔대요?"
실장은 나를 슬픈 눈으로 바라보며 비보를
침착하게 전했다. "얘야, 베를린에서는 하루에
예술가가 두 명씩 죽는단다. 물리적으로도
자발적으로도. 카타도 그중 한 명이겠지."
나는 카타가 마지막으로 했던 말 "굿바이"에
대해서 생각했다. 참 좋은 애였다. 친절하게
독일어 욕부터 알려주던. 슬프다는 말은
거짓말이기 때문에 그만두기로 한다.
그녀와 나는 추억이 없다. 술이나 몇 번
마시고 베를린 예술대학이 아니라 미아
예술대학을 다니는 것 같다고 같이 욕이나
하던 사이였다. 아. 나는 이 말을 하려던 게

아니다. 나는 앞으로 미아와 살아야 한다.
이상하고 괴팍하고 괴상하고 절대적인
예술가 미아와 살아야 한다. 나는 다시
물었다. "그럼 미아도 원래 살던 룸메이트가
있을 거 아니에요. 그 사람은 어디 갔어요?"
"엘라는 자신의 나라로 돌아갔어. 나우루가
무장 단체에게 당했다는 뉴스는 본 적 있지?
엘라가 나우루 출신이잖니. 가족들이 위험에
처했다고 집으로 돌아갔다고 하더구나.
큰일이지. 미대에 사람이 차고 넘쳐야 전쟁이
일어나지 않는 법인데……. 특히 독일은 더,
아무튼 세상이 심상치 않으니 너도 조심하는
게 좋겠다. 사실 미아와 방을 쓰는 것은
별일이 아냐." 맞는 말이다. 독일은 인류를
몰살할 독재자를 미대에 보내지 않은 벌로
지금까지도 반성하고 있다. 그러므로 미대에
사람이 남는다는 것은 곧 평화를 지키는

일이다. 괴상한 예술가와 사는 일은 아무것도
아니다. 인류의 평화를 위해서라면 한 마리의
비둘기가 되는 것쯤은 기꺼이 할 수 있었다.
카타는 어느 쪽이었을까. 자발적이었다고
나는 믿고 싶었다. 카타는 어느 농장으로 가
'이삭을 줍는 여인'이 되어 있을지도 모른다고
생각했다. 엘라는 나우루의 '민중을 이끄는
자유의 여신'이 되어 있을지도 모른다고
생각했다. 그렇게 그들이 예술가에서 예술
속의 인물이 되는 것을 바라보면서도 나는
생존에 대해서 생각했다. 나는 내가 독일에
온 이유를 상기해야 했다. 나는 그림을
그리는 예술가가 되기 위해 이곳에 왔다.
나는 '무제'라도 되기 위해 이곳에 왔다.
〈무제〉 연작이 되어 살아남아야 한다. 모르는
척 지금까지 살아왔던 것처럼 미아와 함께.
"기숙사에 살지 않고도 학교는 다닐 수 있어.

그 방법은 말 안 해도 알고 있지?" 생각에
잠긴 나를 보며 실장은 말을 덧붙였다. 나는
알고 있었다. 하지만 나에게는 기숙사를
나갈 돈이 없었다. 학비 빼고는 모든 게 비싼
베를린에서 기숙사 밖에서 살아남기란 하늘의
별 따기다. 부엌 없는 2.1평짜리 방이 가장
저렴했는데 그마저도 한 달에 4300유로를
웃돌았다. 최소한의 삶도 보장되지 않는
베를린에서 예술가는 더 이상 자신의 두
발로는 살아갈 수 없는 것이다. 고물가
시대의 베를린은 더 이상 힙스터가 살지
않는다. 힙스터는 마이너의 취향을 가지고
있으므로 필요충분조건으로 '가난'하다.
그렇게 예술가들은 거리에서 더 먼 거리로
쫓겨났다. 나는 헬무트 뉴턴의 사진 박물관을
걸으며 생각했다. 19세기의 그가 카메라를
놓기 전까지의 현재가 모여 아주 오래된

과거를 이루고 있는 박물관을 보며 생각했다. 베를린에 사는 진짜 베를리너는 몇이나 될까. 한때 죽음을 불사하면서도 넘고 싶었던 벽이었던 벽 조각과 함께 살아남은 진짜 베를리너는 정말 몇이나 남아 알록달록한 곰처럼 이곳을 떠받들고 있을까.

며칠이 지났다.

"안녕?"

미아가 짐을 가득 싸서 136호 내 방으로 왔다. 미아는 내 인사는 들은 체도 안 하고 방을 쓱 둘러봤다. 빈 왼쪽 침대를 보고 말했다. "난 오른쪽 침대가 아니면 잠을 잘 수 없는데 바꿔줄 수 있어?" 나는 미아와 친하지 않았으므로 거절할 수 없었다. 싸움을 일으키고 싶지 않았다. "그래, 네가

오른쪽을 써"라고 말하고 나는 내 모든
짐을 왼쪽 침대로 옮겼다. 그제야 미아는
자신의 짐 꾸러미를 꺼내기 시작했다.
미아의 짐은 굉장히 단출했다. 아주 오래된
인형과 뚱뚱한 몰스킨 노트 그리고 블랙윙
연필과 스카치테이프가 눈에 띄었다. 그 외의
생필품들. 그리고 화장품이라곤 선크림이
전부인 듯했다. "짐은 이게 다야?" 도와줄
심산으로 물었지만 미아는 대답하지 않았다.

첫날이 그렇게 지났다. 나는 카타가
머물다 간 왼쪽 자리에서 뒤척이기 시작했다.
미아가 오른쪽에서만 잠을 잘 수 있다고 한
것이 생각나 밤에 잠시 눈을 떴다. 오른쪽
창문 옆에 아주 밝은 전광판이 반사되고
있어서 불을 끄지 않은 것 같았다. 미아는
낮처럼 눈부신 밤에 잠잠히 잠들어 있었다.

전시를 마친 다음 날 나는 베를린에 유일하게 남아 있는 예술 웹진에서 인터뷰를 진행했다. 인터뷰어는 자세를 고쳐 잡고 내 얼굴에 카메라를 가져다 댔다. 셋 둘 하나. 소리와 함께 인터뷰는 시작되었다. "작가님은 베를린에서 어디를 가장 좋아하세요?"라고 물었다. 첫 질문부터 위기였다. 나는 베를린을 좋아한 적이 한 번도 없다. 슬픈 기억뿐이다. 좌절의 기억뿐이다. 게다가 내가 가장 좋아했던 유일한 장소는 문화 폭동 직전의 베를린에만 존재하던 곳이었다. 하지만 나는 프로답게 답해야 했다. "저는 박물관섬을 가장 좋아해요." 인터뷰어는 놀란 눈으로 나를 바라봤다. "웨딩홀을 가장 좋아하신다고요?" "아니요. 박물관섬은 과거에는 굉장히 아름다운 작품을 전시하던 미술관들이 모여 있던 곳이에요. 지금은 나라 정책으로 전부

웨딩홀로 바뀌었지만 박물관섬에서 좋아하던 미술관을 고르고 또 거기서 좋아하는 작품을 찾아 마음에 담던 게 유학 시절의 유일한 낙이었어요." 답했다. "그럼 가장 좋아하던 작품은 무엇이었나요?" "글쎄요, 있나 모르겠네요. 문화 폭동 이후로는 작품이 남아 있지 않잖아요." "어…… 음……. 그럼 분위기를 바꿔볼까요?" 인터뷰어는 멋쩍게 웃었다. 이어 그녀는 나에게 유학 시절 이야기를 꺼냈다. "작가님은 어떤 학생이었나요? 그때도 지금처럼 유명하셨을 것 같아요." 질문에 미아가 퍼뜩 떠올랐다. '미아의 룸메이트로 기억하겠지, 모두가.' 생각했지만 인터뷰를 망칠 수 없었다. "저는 학교를 다닐 때 그렇게 뛰어난 학생이 아니었어요. 수업만 겨우 쫓아가는 수준이었죠. 그냥 칭찬 한 번이 받고 싶었던 평범한 학생이었어요"라고 답했다. 거짓말도 아니면서 거만을 떨지도 않았다. 마음에 드는 답변이었다. 인터뷰어도 참 좋았다. 독일 사람답지 않게 칭찬이 후했다. 친절했고 잘 웃을 줄 알고 농담도 곧잘 했다. 이야기 말미에 랩톱을 덮으며 그녀는 말을 덧붙였다. "너무 겸손한 것 아니에요? 지금 교수님들도 작가님이 이렇게 유명해진 것을 알면 정말 자랑스러워할 텐데요. 베를린에서 졸업 작품을 했던 제자가 첫 해외 전시로 베를린으로 온다는 게 낭만적이잖아요." 지금도 왜 그랬는지 알 수 없지만 마지막만큼은 진심으로 답하고 싶었다. "궁금해요……. 과연 교수님들이 저를 기억이나 하실까요?"

그날은 미아가 조소과에서 흉물을 만든 이튿날이었다. 울퉁불퉁하고 모서리도 있고

둥그런 부분이 있는 아주 희한한 것이었다.
교수가 "이걸 왜 만들었니?" 묻자 "빛에
따라 분산되는 이미지를 그리기 위해서는 이
흉물이 필요해요"라고 답했다. 그러자 교수는
"네가 원하는 모서리와 곡률을 사람은 이미
가지고 있단다. 그런데 왜 이걸 만들었니?"
하고 되물었다. 미아는 교수의 눈을 피하지
않고 입을 뗐다. "사람은 내가 시키는 대로
움직이는 인형이 아니잖아요. 교수님. 사람은
자책해요. 자신의 몸에 대해서 늘 생각하고,
보여줄 생각을 하는 순간부터 단점을 억지로
찾아내고 자책해요. 저는 상처 주고 싶지
않아요." 그 말을 끝으로 미아는 그저께
밤에 만든 흉물을 들고 천천히 드로잉실로
입장했다. 모두가 미아를 봤다. 모두가 미아의
오브제를 보고 수군거렸다. 그날은 남성의
누드를 그리는 날이었다. 그러나 교수가

가만히 내버려두는 바람에 우리는 나체의
사람을, 미아는 흉물을 그리게 되었다. "자,
이제부터 자유롭게 드로잉하세요." 교수의
말이 떨어지기가 무섭게 미아는 흉물을 그
자리에서 떨어트렸다. 쨍그랑 소리와 퍽
하는 둔탁한 소리가 번갈아 났다. 일부분은
덜 굳은 것 같았다. 미아는 바닥에 떨어진
그 흉물 그대로 조각과 덩어리를 섬세하게
그려냈다. 그림이 훌륭했는지는 아직도
모르겠다. 다만 우리를 가장 힘들게 했던 것은
흉물을 그리는 내내 미아의 행동을 주시하던
교수님의 태도였다. 수업이 끝난 뒤 재빠르게
흉물을 정리하고 강의실을 빠져나가는 미아의
뒷모습을 보면서 교수님은 미아는 언제나
사고방식을 깨트린다며 주어진 과제에서
벗어나는 연습을 하라고 우리를 나무랐다.
그러나 주어진 과제를 충실히 하는 우리는,

미아 같은 깡다구가 없었다. 그래서 충실히 시키는 대로 그렸다. 그러므로 늘 보통의 예술을 하는 사람이 되어 있었다. 미아 앞에 가면 만인이 평등했다. 모두가 둔재였고 아둔했고 생각이 짧았다. 하지만 그 때문에 나는 미아와 처음으로 깊은 대화를 하고 싶어졌다. "샤워를 하고 머리카락을 제대로 치워줬으면 좋겠어"와 같은 쓸데없는 대화 말고. 나는 방에서 가만히 자신의 몰스킨에 스카치테이프로 무언가를 덧붙이는 미아의 어깨를 거칠게 뒤돌리며 물었다. "야, 너 네 입으로 말해봐. 너 정말 천재야?" 내가 생각해도 정말 바보 같은 질문이었다. 하지만 미아는 진지하게 답했다. "네가 생각하는 천재의 정의가 뭔데? 점수를 잘 받는 거라면 천재가 맞는 거 같아." 나는 갑자기 기분이 이상해졌다. 화가 났다. 미아의 태도에.

"점수가 전부가 아니잖아 예술은. 예술은 대중의 평가도 있는 거잖아. 사람들이 네 작품은 별로 좋아하지 않아. 너 그거 알고는 있는 거야?" 쏘아붙였더니 미아는 동요하지 않고 답했다. "나도 알아. 사람들이 나도, 내 작품도 다 싫어하는 거."

고백에, 고백하고 싶어졌다.

"나 정말 궁금해. 왜 모든 좋은 평가는 다 네 몫인 걸까? 나도 최선을 다한단 말이야." "너는 내가 대충 하고 있는 것처럼 보이니? 나도 사력을 다하고 있어. 네가 하는 것 이상으로." "무슨 사력을 다한다는 거야? 넌 방에 와서 늘 몰스킨에 낙서나 하잖아. 난 늘 연습실에 가서 몇 시간씩 붓질을 한다고. 그래도 늘 너보다 못한다는 소리나 듣는데 어째서 사력을 다한다고 말하는 거야?"
"너 진짜로 내가 집에서 늘 낙서를 한다고
생각하는구나. 미안하지만 이게 내 거지 같은
스케치북이야. 난 너처럼 연습실을 구할 돈도
캔버스를 넉넉히 살 돈도 없거든."

화를 가라앉히고 본 미아의 몰스킨은
이미지투성이였다. 쓰레기를 이용한 콜라주를
비롯하여 자기 자신을 계속해서 그려 넣고
있었다. 빛이 어떻게 분산되어야 자신의
얼굴 왼쪽을 날릴 수 있는지 조명의 각도를
설정한 모습도 있었다. 그리고 우연에서
발견하는 실험적 상상들이 가득 적혀 있었다.
생각해보니 나는 그동안 미아가 연습실에
가는 것을 본 적이 없었다. 당연했다. 미아는
무국적자니까. 살 곳조차 없는 미아에게
지금의 공부는 최고의 사치일지도 모를

일이었다. 나는 그걸 잊고 있었다. 그녀에게는 이 기숙사가 전부였을지도 모른다는 생각을 나는 왜 지금 하게 되었을까.

"이제 다 봤으면 돌려줄래?"

"그리고 이 일은 비밀로 해줬으면 좋겠어." 이 말도 덧붙였다. "왜? 애들도 너에 대해 더는 오해하지 않을 텐데." "오해가 낫지. 난 너희들의 시선이 싫어." "그 시선이 뭔데." "무국적자로 가엽게 보이는 것보다는 치기 어린 예술가가 나아, 나는." "난 그렇게 본 적 없어." "그렇게 본 적 없다고 믿고 싶은 마음 잘 알아. 내가 너라도 나를 그렇게 봤을 거야. 다르잖아." 맞다. 나와 미아는 다르다. 미아의 고백이 이어졌다. 고백은 고백을 낳는 법이다.

"있잖아, 유리야. 너 세계 인권 선언문

읽어본 적 있어?" 없었다. 그딴 게 존재한다는
사실조차 몰랐다. "없어." "없겠지. 너는
태어날 때부터 분단국가에서 태어났고 늘
전쟁 속에서 균형 있는 평화를 살아가는
사람이니까. 해수면이 잠길 일이 없는
고지대에서 태어났다며, 너. 그러니 너는 읽을
필요가 없겠지. 그런데 나는 그걸 알아야
하는 사람이었어. 출생주의와 혈통주의
모두가 나를 지켜줄 수 없게 됐거든. 난
해수면의 상승으로 출생주의를 잃었고,
'푸시 백 작전'으로 혈통을 다 잃었어. 그래서
무국적자가 된 거라고. 저번에 있잖아, 우리
모터 숙제를 받은 날. 내가 비커에 왜 모터를
넣고 성냥을 넣었는지 생각해봤어? 아마
아무도 안 해봤을 거야. 이건 내가 아주
어릴 적 독일에 난민 신청을 하려고 바다
뗏목을 탔을 때 이야기야. 그때 독일군을

처음 만났는데 우리 가족은 모두 살았다고 안심했어. 그런데 구하러 오지는 않고 우리 주위만 뱅뱅 돌면서 자꾸 파도를 일으키는 거야. 그 큰 배로 파도를 일으키면 뗏목 따위가 어떻게 되겠어? 산산조각이 나겠지. 그럼 그 뗏목에 탄 사람들은 조각을 하나씩 붙들고 겨우 몇몇 살아남는 거거든. 나중에 그게 '푸시 백 작전'이란 걸 알았을 때는 화가 치솟았어. 유럽은 겉으로는 난민을 꼭 받아야 하니까, 난민을 받지 않기 위해 소극적으로 우릴 괴롭히는 거야. 대형 모터로 파도를 일으켜서 우리의 얼기설기 나약하게 얽힌 배를 땅에서 멀리멀리 밀어내서 망명 신청을 접수하지 못하도록 해버리는 거야. 그런데 말이야, 세계 인권 선언문에 의하면 나는 난민 신청을 할 수 있어야 하거든. 그건 내가 가진 마지막 권리였어. 하지만 그때 알았지.

선언 따위는 아무 소용도 없다는 걸 말이야. 얼마나 지났을까, 뗏목 하나를 붙잡고 눈을 떠보니 엄마 아빠를 다 잃고 나만 남았더라. 나만 난민이 되어 살아남았어. 그런 내가 독일 국적을 가지고 싶을 리가 없잖아."

"이래도 내 작품이 다 허무맹랑하게 보여?"

그때 가장 먼저 들었던 생각은 치졸하게도 미아의 인생을 빼앗고 싶다는 것이었다. 젠장. 저게 내 경험이었으면 나는 천재로 벌써 세상에 이름을 널리널리 알렸을 텐데. 미아보다 더 친절하게 관람객에게 다가갈 수 있었을 텐데. 그 생각을 했다. 나는 미아보다 더 노력할 수 있는 여건과 시간이 되니까. 미아의 이야기를 듣는 내내 나는 미아의 불행조차 빼앗고 싶었다. 저 모든 행동이 미아의 삶과 불행에서 기인한 것이라면 그것을 빼앗아서라도 뛰어난 예술가가 되고 싶었다. 그 정도로 이름을 가지고 싶었다. 그러나 나는 죽었다 깨어나도 미아가 될 수 없었다. 나는 나를 망치는 데 한계가 있었다. 뭘 해도 미아만큼은 될 수 없었다. 당장에 죽지 않으니까. 배고프지 않으니까 그랬다. 그러나 미아는 달랐다. 늘 골몰했다. 자신이 처한 삶이므로. 나는 인권에 대해서 골몰하는 삶을 살아본 적 없기 때문에 영원히 미아가 될 수 없는 것이었다. 그러니까 내 작품은 언제나 언저리에서 맴도는 것이다.

나는 미아의 모작 그 자체이다. 슬픔을 흉내 내는 것과 파토스의 차이는 거대하다. 미아는 거대한 파도 같은 슬픔이라면 나는 잔잔한 호수 같다. 아무 일도 없이 살아온

삶 같다. 유유자적, 고난과 역경이 없는 내가
예술을 하는 것이 맞는가 생각이 들었다. 나는
지금이라도 당장 내게 벌주고 싶었다. 벌을
받는다면 지금보다는 더 좋은 작품을 만들
수도 있다고 생각했다. 그러나 그것 또한 깊이
생각해보면, 아니다, 아니다. 벌은 이미 내
눈앞에 서 있을지도 모른다. 미아. 미아. 미아.
내가 가지고 싶은 전부를 가진 여자애. 나는
미아가 될 수 없어서 미치도록 슬펐다. 그런
내게 미아는 텅 빈 눈으로 이렇게 말했다. "넌
좋겠다, 집이 있어서." "나도 사실 집 없어.
우리 집도 담보로 다 잡혔어. 은행 거야."
"바보야, 그런 거 말고. 너는 돌아갈 곳이
있잖아. 크리스마스나 땡스기빙데이에 전화할
가족이 있잖아. 잘된 일이 있을 때 진심으로
축하해줄 가족이 있는 그런 집이 있잖아. 그건
내가 다시 태어나야 가질 수 있는 거야."

사실 미아의 그 말은 내게 아무 위로가
되지 않았다. 그 순간에 나는 집 같지도
않은 집이 있다는 것을 부정하고 싶었다.
우리 집은 다르다는 것을 말하고 싶었다.
우리 집은 어중간했다. 어중이떠중이 자식을
예술가로 낳은 집다웠다. 어느 누구 못지않게
지원할 만큼 부유하지도 않았고, 그렇다고
손쉽게 기울어지지도 않았다. 마치 천천히
무너지는 모래성 같았다. 내가 공부를 할
때마다 크게 크게 한 줌씩 앗아 가고 있는데도
아슬아슬하게 성 위에 쌓인 깃발이 버티고
있을 뿐이었다. 신기할 정도로 무너지지
않았다. 그래서 포기도 할 수 없었다. 내가
빛을 볼 거라고 생각한 나이를 지나고,
석사를 해야겠다고 외국에 간다고 했을 때도
가족들은 한결같이 나의 그림을 보고 핀잔을
주기 바빴다. "돈을 이렇게 쏟아부었는데,

아무도 이해하지 못하는 그림을 그렸구나."
그런 이야기만 들었다. 그럴 법도 한 것이
나는 어릴 때부터 구체적인 정물이나 사물에
대해서는 관심이 없었다. 미대에서 첫 번째
기말 과제 고지를 받은 날이었다. 점수는
뒷전이고 무작정 실험을 하고 싶다는 욕망에
사로잡혔다. 마르셀 뒤샹이든 트레이시
에민이든 뭐라고 불려도 상관없었다. 살아온
이 방의 무언가로 작품을 만들고 싶었다. 그때
내 눈을 사로잡은 것은 방에 놓인 오래된
책상의 상판이었다. 책상은 이미 내 삶을
녹여낸 레디메이드 그 자체였다. 책상 위에
어둡고 침침하고 슬픈 사각형을 그려간 날이
떠오른다. 상판을 그대로 떼다가 놓여 있던
종이 더미를 다시 프로타주한 나의 첫 작품.
점수가 개판이었던 것은 말할 것도 없거니와,
억새 다발을 들고 떨리는 마음으로 전시장을

찾은 부모님이 보기에는 충격 그 자체였던
작품이었다. 돈만 대줄 줄 알았던 부모님은
그날 처음 내 작품을 보았고, 실망한 표정을
숨기지 못했다. 그러고는 "주위를 둘러봐,
유리야. 절박한 사람 냄새가 물씬 풍기는
저기 저 옥수수수염이나 감자꽃이나 그리면
얼마나 행복하니" 했었다. 후로도 "세상에
얼마나 아름답고 위대한 게 많은데 네모 위에
네모 따위를 그리냐"며 나를 나무라거나
다그쳤다. 나는 미아 앞에서 내가 그린 네모난
세상을 떠올렸다. 그리고 그 그림을 이해하지
못하는 네모난 가족을 떠올렸다. 그리고 '그깟
집이라면 애초에 너처럼 집이 없는 편이
낫겠어'란 말을 꺼내고 싶었다. 하지만 삼켰다.
꾹 삼켰다. 침묵을 지켰다.

미아도 영원히 이해하지 못하겠지.

내가 너를 영원히 이해하지 못하는
것처럼.

집을 떠나온 지 이제 2주가 훌쩍 지났다.
베를린은 너무 많이 변했다. 역사적 가치가
있는 오래된 건물은 관광 지구로 남겨두고
나머지는 다 새로운 현대식 건축으로 꽉꽉
채워 넣은 모습이 여느 도시와 다르지
않았다. 스카이라인조차 달라진 지금, 온갖
신식 건물을 가지게 된 베를린에서 예술가는
멸종 위기 그 자체였다. 거리에서는 음악을
들으며 걷는 사람 역시 찾기 어려웠다.
모두가 전문 지식이 전무후무한 사람이
진행하는 팟캐스트의 얕은 지식을 쌓기 바쁠
뿐이었다. 미술이라고 다를 것도 없었다.
미술관은 대부분이 초급 교양을 쌓으러
온 초등학생과 그들을 인솔하는 학부모로

넘쳐날 뿐. 사람들은 기초 교육을 받은 후 직업 교육을 받으며 앞으로 어떤 사람이 될 것인지에 골몰했다. 그렇다면 집에 갇혀 있는 수많은 사람들은 영상 매체에는 관심이 있는가? 우리 부모님 세대가 아주 어릴 적에 향유했던 그 많던 OTT들은 모두 어디로 갔을까. 드라마는 고사하고 영상 매체의 꽃, 영화는 보는가? 그렇지 않다. 영화는 사치다. '장편영화'의 장르가 20분 미만으로 축소된 지 오래였고 그마저도 버퍼링이 심해 사람들은 요약본으로 보기 시작했다. 말 그대로 문화는 최소한의 소비품이 되었다. 물론 베를린이 처음부터 이렇게 예술에 박한 것은 아니었다. 믿기 어렵겠지만 과거 내가 살던 베를린은 예술가가 넘치는 도시였다. 예술가가 넘치다 못해 스스로 단명하던 시절이었다. 단 하나의 문제라면 예술을

향유하는 사람보다 하는 사람이 더 많다는
것이었다. 모두가 직업이 뭐냐고 물어보면
아티스트라고 말하던 시절이 베를린에도
있었다. 그날그날 살아남은 예술가들은
어떻게든 살아남았다는 이유로 후미진
거리에 모여서 밤새 논쟁을 찾아다녔다.
그들은 노천카페에서 일찍부터 가장 저렴한
맥주를 시키고 죽치고 앉아 지적 허영을
더해 자신의 작품 세계에 대해 떠들어댔다.
"세상이 심상치 않아. 이제 아무도 그림을
보려고 하지 않아." "음악은 어떻고. 듣는 사람
없이 곡을 만드는 사람들뿐이야." "종말 그
직전이네. 모두가 뭔가를 남기고 싶어 한다는
것은 종말의 전조니까." 미래의 문화 폭동을
예감한 사무엘이 이야기했다. 우리는 나아갈
방향은 전혀 모색하지 않고 걱정만 했다. 먹을
것이 없으면 돈을 벌면 될 텐데, 돈은 벌지

않고 인플레이션이 예술가에게 끼치는 영향에 대해서만 떠들어댔다.

그 와중에 쓸모 있는 이야기들이 있었는데, 우리는 너무 앞서 나가는 천재가 되지는 않되 조금만 앞서 나가는 사람이 되자고 끊임없이 다짐했다. 너무 앞서면 불행하니까 세상이 알아볼 만큼의 적당한 천재가 되자고 이야기했다. 그러면서, 자신이 본 적당히 앞선 작품에 대해 떠들었다. 미아도 가끔 여기 포함되었다. 물론 그럴듯한 이유도 없이 대차게 까였지만 우리는 까면서도 본능적으로 느낄 수 있었다. 여기서 거론된다는 것 자체가 미아는 우리가 너무 되고 싶었던 시의적절한 천재였다는 것을. 미아가 조소과로 가서 만들고 있는 감자 두 알부터 실제로 한 번도 본 적 없는 뒤가 뚱뚱한 브라운관 텔레비전 등 형용할 수 없는 오브제에 대한 소문은 여기서 자주 들었다. 나는 미아가 말하지 않은 미아의 모습을 자주 듣게 되었다. "왜 그렇게 피사체에 집착하는지 모르겠어. 피사체는 말 그대로 피사체잖아. 철학이 아니잖아. 그냥 그리라고 그 자리에 있는 거 아닌가?" 나는 본능적으로 그룹에서 뒤처지지 않기 위해 미아를 향한 욕설에 소극적으로 동조했다. 물론 진심이 담길 때도 있었다.

하루, 한 주, 한 달이 지나도 살아남은 자들의 입은 멈추지 않았다. 우리는 로마 시대의 건축부터 동시대 미술까지 한 주에 하나의 작품을 정하고 마음대로 건너뛰듯이 작품을 선정했다. 특히 동시대 미술에 관해선 누군가 하나 싸움이 나지 않으면 끝나지 않을 정도로 열정적이었다. 결국 할 말이 떨어진 우리는 웃기지만 미술관 밖에 있는 모든

것에도 헛된 품평을 마다하지 않았다. "어제
파노라마 바 뒤에 새로 생긴 그라피티에
대해서 이야기해볼까 해. 다들 어떻게
생각해?" "고전이긴 하지만 아직도 뱅크시를
뛰어넘는 그라피티 아티스트는 없는 걸까?"
"그래도 그 그라피티, 색감은 새로웠어.
자신만의 에스프리가 좀 부족했지만 과감한
매치였어." "난 그거 일주일 정도 봐. 사진
좀 찍히다가 지워질 거야." "내기할까?
난 한 달쯤 봐. 한 달 뒤에 지워질 거야."
이런 시시한 이야기들뿐이었지만 그래도
우리는 진지했다. 결의에 차 있었다. "우리는
예술가니까 새로운 것을 찾아야 해"란
다짐으로 매일 밤을 닳게 할 정도였으니까.

　그러니까 그 닳고 닳은 밤이 아주 오래
깊었을 때였다. "어쩌면 다시 기본으로
돌아가야 할지도 몰라." 새로 생긴 그라피티

이야기를 마무리 지을 때쯤 제니가 입을 열었다. 제니의 말에 제임스가 고개를 끄덕였다. 미디어 아트를 한다던 알렉사는 랩톱 속 자신의 작품을 보며 말했다. "아니야. 아니야. 오히려 더 발전할지도 모르지. 미디어 아트가 세상을 잠식할 거야. 사람들은 자극을 원하거든." 아날로그로의 회귀를 꿈꾸던 제니도 제임스도 사무엘도 고개를 끄덕였다. 모두 맞는 말이었다. 우리는 그렇게 시시각각 논객 없는 토론회를 즐겼다. 논객 없는 토론회는 어찌 됐든 신세 한탄으로 끝이 났지만 우리는 서로가 서로의 가장 든든한 아군이었다. 세상에 남은 마지막 바보들. 그게 우리들의 존재 이유였다.

　문화 폭동은 내가 학교를 막 졸업한 해의 다음 해, 그러니까 2073년에 일어났다.

노벨평화상을 받은 유명한 환경학자 보리스 잘란스키 박사의 논문이 그 시발점이었다. 논문의 내용은 단순했다. 세계 3대 곡창지대를 잃은 지금 인구의 43퍼센트가 하루 평균 두 끼의 식사로 하루를 겨우 연명하고 있는데, 문화유산을 지키기 위해서 쓰고 있는 에너지 소모가 너무 많다는 내용이었다. 논문의 파급력은 엄청났다. 전 세계적으로 문화를 지키는 비용이 값비싸다는 뉴스가 헤드라인을 장식했다. 제일 처음 경매장이 없어졌다. 그리고 곧바로 미술관을 없애는 폭동이 일어났다. 적당한 온도와 습도, 조도가 사계절 내내 필요했으니, 이깟 것은 다 관두자며 사람들은 깡통과 유리병, 쇠 파이프와 돌멩이를 던졌다. 잡히는 대로 마구마구 던졌다. 그렇게 그림은 한순간에 모두 소실되었고 백제 시대의 향로도 반가사유상도 그때 그렇게 두 동강이 났다. 그러나 이것은 시작에 불과했다. 돌멩이는 미술관에서 박물관으로, 박물관에서 오페라 하우스로, 오페라 하우스에서 작은 무대인 극단으로 향했다. 그리고 더 이상 망칠 작은 무대도 없어지자 사람들은 도서관까지 손을 대고 만다. 도서관 소실은 문화 폭동의 정점이었다. 지식의 보고인 세계 유수의 국립 도서관들이 불타자 결국에는 보리스 잘란스키의 논문집마저 모두 소실되는 해프닝까지 연출되었다. 그렇다면 이제 대중에게 선보일 공간을 잃어버린 예술가는 어떻게 되는가. 생존의 이유가 없다. 예술과 예술가는 그렇게 죽었다. 보리스 잘란스키도 그해 "지식이 없는 세상에 죽음을"이라는 무책임하고 거창한 유언 따위나 남기고 다른 유약한 철학자들처럼 스스로 목숨을 끊었다.

모두가 밈처럼 죽었다. 장소만 차지하고
배고픔에 도움도 되지 못한다는 이유로
예술은 가장 먼저 제거되었다.

　하지만, 사람은 그렇다. 제1차
세계대전이라는 가장 치열한 전투 속에서도
다 같이 어깨동무한 채 "크리스마스에는
축복을" 하고 노래를 부르며 적에게서
총을 거두지 않았던가. 아주 조금의 평화를
되찾자 부자들 몇몇은 자신이 누리던 문화를
그리워했다. 먹을 걱정이 없으니, 여유가
많으니, 그런 생각도 났던 것이다. 로코코
시대에 주구장창 초상화만 그리라고 시키는
부자들처럼, 자신이 보고 싶은 그림들을
자신의 건물에서 전시(공연)하기를 바랐고,
그걸 구현할 예술가들을 구했다. 분했지만,
모두가 여전히 생선을 먹고, 소실된 그림을

그리워하지도 않는 이 세상에서 예술가들이란 몇몇 부자들의 초청으로 명맥을 이어갈 뿐이었다. 지금에 와서 다시 생각해보면 옛날 우리의 논쟁은 모두 틀렸다. 적당히 천재가 되는 것 따위를 골몰해서는 안 되는 일이었다. 예술이 어떻게 하면 살아남을지를 고민했어야 했다. 자아가 없을수록 작가가 살아남는 이 세상에서 예술가는 기억력이 좋고, 모사를 잘하기만 하면 된다. 에스프리는 소용없는 것이었다. 배고픔 앞에서는 전부 불필요한 것이었다. 세상은 이미 오래전부터 말을 해주고 있었다. 예술은 일용할 양식이 되지 못한다고. 그러나 아둔한 우리는 가장 중요한 그것을 몰랐다.

문화 폭동 이후 예술이 초급 교양을 위한 학문이 된 지금, 나는 살아남는다는 것은 어떤 것인지에 대해 생각해보았다.

유명한 작품과 작가가 모두 소실된 지금의

베를린은 무엇인가. 장벽 뒤에서 평화를

염원하던 신원 미상의 서독 시민이 장벽에

그린 낙서가 가장 오래된 그림이 된 슬픈

도시. 베를린은 어쩌다가 이렇게 되었을까.

나는 20유로짜리 싸구려 코르타도를 입에

가져다 댔다. 코르타도를 들고 미테 구역의

박물관섬으로 가기 위해 걸었다. 가며

생각했다. 미아와 내가 친구들의 눈을 피해

박물관섬 안의 베를린 구 국립 미술관에 갔던

때를 떠올렸다. "미아, 길도 오돌토돌하고

후미진 곳은 어젯밤의 흔적으로 더럽고

심지어 날씨조차 따뜻하지 않은데, 너는 왜

하필 베를린으로 오게 되었어?" "베를린이

불편해서 왔어." "뭐가 그렇게 불편해?"

"사람들이 모두 불친절하잖아. 얼굴에 표정도

없고." "그게 좋은 점이야? 단점이 아니고?"

"나 같은 난민에겐 최상의 조건이지. 이민자의 도시라는 것조차 좋아. 나를 철저히 도시 안에 숨길 수 있잖아."

　　미아는 지금 어떻게 베를린에 숨어 있을까. 그녀는 지금 리나, 루이사, 샬롯, 이다일 수도 있겠다고 생각했다. 미아 말처럼 도시에서는 뭐든 가능하다. 숨으려고 마음만 먹으면 얼마든지 숨을 수 있다. 하루치의 이름을 가질 수 있다. 티켓 하나로 이 끝에서 저 끝으로 떠날 수 있다. 다른 독일인들처럼 하고 싶은 일을 하면 된다. 하루치의 음식을 먹고 하루치의 일을 하다가 집으로 가서 잠을 자면 된다. 침묵과 무표정이 지배하고 있는 이 도시에서는, 모두가 자신의 목적지를 향해 묵묵히 걸을 뿐. 모든 것이 가능하다. 마음껏 외로워도 괜찮다.

구 국립 미술관에서 우리가 가장
좋아하던 작품은 작자 미상의 꽃 그림이었다.
꽃이라면 질색팔색하던 나였지만 이상하게도
미아가 "이 꽃 그림은 뭔가 다르다"고 말한
순간부터 그것은 나에게 새로운 꽃으로
다가왔다. 그래. 미아의 말을 듣고 보니
이 작가는 왜 꽃을 그렸을까, 거기서부터
이야기를 시작해보고 싶어졌다. "이 꽃은
왜 이따위의 투박한 물병에 꽂았을까."
"그림을 잘 못 그리거나, 마음보다 표현이
앞섰거나. 이 사람도 물감 살 돈이 없었을
수도 있고, 그림을 그릴 시간이 없을 정도로
삶이 퍽퍽했거나 그랬겠지." "그런데 이게
미술관에 걸릴 정도로 위대한 그림인가?"
"글쎄, 그런 건 잘 모르겠지만, 여기 있는

그림들 사이에서 가장 돋보이기는 해. 우리가 클림트의 꽃밭을 좋아하는 건, 단순히 꽃이 지천에 널려 있어서가 아니잖아. 오귀스트 르누아르의 〈장미꽃 다발〉을 좋아하는 것도, 단지 장미꽃이라서 좋아하는 게 아니듯이. 이 사람만의 뭔가가 있어. 이 꽃은 밝은 척하고 있지만 미술관에서 가장 어두운 그림이라고."

다음 날부터 나는 맥주 한 병짜리 크리틱에 가는 척하며 미아 몰래 미술관에 갔다. 엄밀히 말하자면 작자 미상의 꽃을 보러 갔다. 작자 미상의 꽃을 이해하면 미아를 뛰어넘을 뭔가를 발견할 수 있을 것 같았다. 하지만 아무리 봐도 비비드한 색감을 사용한 것 말고는 느낄 수 없는데 뭐가 어둡다는 걸까. 잠시 미아의 감각을 의심했다. 정말로 그 그림은 너무나 조악하기

짝이 없어서 장점을 찾기 어려웠다. 기본도 지키지 못한 것 같았다. 사물을 보는 시점도 흐릿했기 때문에, 화가가 사물의 중심을 어디에 두고 그렸는지 도무지 알 수 없었다. 나는 그 그림이 너무 싫었지만 매일 보러 갔다. 도저히 눈을 뗄 수 없었다. 미아가 좋다고 했기 때문에 좋은 점을 찾고 싶었다. 그러나 좋은 점을 찾으려 해도 내가 공부한 영역을 벗어난 좋음은 어디서 찾을 수 있는 것인지 알 수 없었다. 미아에게도 물어볼 수 없었다. 미아는 분명 이렇게 말할 게 뻔했다. '그냥.' 교수님도 옆에 있었다면 한마디 거들 것 같았다. '역시 훌륭한 그림이구나.' 미아와 교수님만 이 그림을 보고 끄덕일 것 같았다. 그래서 나는 더 필사적으로 꽃잎을, 잎맥을, 이파리의 개수를 셀 정도로 연구했다. 연구하며 깨달았다. 그래서 결국 나는 뭐가

좋은지 알 수 없었다. 알 수 없음을 앎으로써
나는 알아냈다. 나는 도저히 다가갈 수 없는
무언가가 있다는 사실을. 이 꽃은 그러니까
미아나 학예사나 관장이나 교수님이나
되어야만 이해할 수 있는 그림이다. 이 그림은
미술관에 걸림으로써 나에게 말하고 있었다.
나는 그냥 꽃이 아니라고. 그러나 내 눈에
그냥 꽃이었던 작자 미상의 꽃은 어떠한
감동도 주지 못했다. 비비드한 색감에서
음울함을 찾는 것은 나에게는 영영 일어나지
않는 일이었다.

웨딩홀 '베를린 구 국립 미술관' 입구에
도착했다. 문을 열고 들어서자마자 결혼식
예약을 하러 왔느냐는 직원의 친절한
응대가 있었다. 나는 "아니요. 그냥 공간을
좀 보고 싶어서요"라고 답했다. 공간은

여전했다. 아름다웠다. 그리스 신전을 빼다
박은 신고전주의 건축도 여전했다. 다만 구
미술관 앞의 상징이었던 프리드리히 4세의
기마상은 곧 전장을 향해 전진이라도 할
것 같았던 머리를 새로운 청동으로 급하게
때워버린 듯했다. '상징'이란 모름지기 구색은
갖춰야 하는 가장 중요한 요소이다. 과거는
없었던 셈 치고, 베를린이 여전하다는 것을
보여주기에는 이만한 동상이 없었겠지. 나는
얼굴색만 달라진 프리드리히 4세 앞에서
생각했다.

베를린 구 국립 미술관은 기구한 곳이다.
제1차 세계대전 때도 소실된 후 재건을
이룩하여 다시 미술관이 된 이곳은 미술
작품을 품은 안보다 안에서 보는 밖이 훨씬
아름답다. 베를린의 모든 역사적인 건물이
다 무너졌을 때도 미술관은 살아남았다.

단언컨대 누구라도 한번 보면 나쁜 마음은
다 잊고 이 건물을 진심으로 그리게 되어
있었다. 그래서, 전쟁에서도 폭동 속에서도
치욕스럽게 웨딩홀로라도 남겨졌을지 모를
일이다. 어떻게든 살려야 한다는 데에는
한마음이었을 것이다. 소실은 정말로 죄를
짓는 것 같으니까. 나는 상상한다. 문화 폭동
때 모든 파시스트가 우르르 들이닥쳤다가
잠시 싸움을 멈추는 모습을 나는 상상한다.
건물 밖에 펼쳐진 전경을 보고 '우리가 지금
무슨 짓을 하고 있는지 모르겠다'고 고백하는
파시스트를 나는 상상한다. 그리고 건물에는
차마 손조차 대지 못하고 그림만 골라 부수고
돌아갔을 것이다. 안타깝다. 그 아름다운
미술품들을 3층에 걸쳐 전시하고 있었지만
아담한 정원과 베를린 돔을 품은 이 건물은
그 자체로 범접할 수 없는 오라가 있었다.

그 어떤 그림도 이 건물의 오라를 이기지 못했다. 미술관은 분명하게 박물관섬의 클라이맥스였다. 2층으로 올라가는 계단에서 보이는 창문으로 내다보면 모두 같은 생각에 빠지리라. 탁 트인 전경을 물끄러미 바라보고 있으면 마치 섬 하나가 전부 내 것이 된 것 같았다.

소문으로 익히 들어 충격은 덜했지만, 오랜만에 찾은 미술관은 이름과 외관만 같고, 가장 중요한 것이 달라져 있었다. 미술관 내부의 위대한 예술 작품이 모두 소실되었다는 사실은 실제로 보기 직전까지도 믿어지지 않을 정도였다. 내부를 열고 들어가자마자 보였던 버진로드와 하객들이 앉을 수 있는 테이블과 고급스러운 레이스 식탁보 그리고 화이트 톤의 나무 의자를 봤을 때 생각했다. 여기는 정말 웨딩홀이구나.

그림을 사랑하는 사람을 위한 공간에서 서로를 사랑하는 사람을 위한 공간으로 재탄생되었구나. 나는 직원에게 물었다. "죄송하지만 이곳을 다시 미술관으로 사용하는 일은 없을까요?" "아마 없지 않을까요? 벌써 2년 치 결혼식 일정이 다 차 있어서요. 베를리너들에게 베를린 구 국립 미술관에서 결혼하는 것은 로망이거든요." "그렇군요." 나는 한 바퀴를 돌면서 버진로드 앞에 섰다. 걸어봤다. 신랑도 없이 천천히 걸어봤다. 딴따다단…… 아무런 느낌이 나지 않았다. 그러다 주례 단상 뒤의 작은 그림을 발견했다.

바로 내가 절박하게 탐닉했던 그 꽃 그림이었다.

"저기요. 저 꽃 그림은 왜 아직까지 남아 있는 거예요?" 직원은 그림을 처음 본 표정이었다. "글쎄요. 저도 처음 알았네요, 저기 꽃 그림이 있었다는 것은. 저기 그림이 왜 있지?" 직원은 의아한 듯 오히려 내게 되물었다. 나는 재빨리 그림 앞으로 갔다. 꽃은 여전했다. 여전히 이해할 수 없었다. 그러나 모두가 나와 같이 이해할 수 없었기 때문인지 미술관에서 유일하게 살아남은 그림이 되었다. 그래. 웨딩홀에도 그림 하나는 필요한 법이니까. 테러범들도 그림 하나는 남긴다는 게 빌어먹을 저 꽃 그림이었다니. 극과 극은 통한다고 테러범들과 보는 눈까지 똑같았다는 게 수치스러웠다. 파괴할 가치도 없었다는 건가? 이 그림은? 그래서 이 그림은 여기 살아남은 것인가?

언젠가 저 꽃에 대해서 미아가 해준 이야기가 있다. 이 그림 앞에서 펼친 자신의 상상을.

"재미있는 이야기를 해볼게. 이 작가는 사실 유명 화가의 하녀였어. 주인은 사교계에서 명성을 드높이고 있었지. 그런데 망할 주인이 흑사병에 걸려 오는 바람에 본인도 흑사병에 걸리게 된 거야. 주인은 그림을 몇 점 그렸고. 어깨너머로 그림을 배우던 그녀는 붓을 들 힘조차 없었지만, 마지막 힘을 짜내서 자신이 늘 물을 주던 화초의 꽃을 그리게 된 거야. 주인님과 자신이 죽으면 따라 죽게 될 화초를 애도하면서 화초의 가장 밝고 아름다운 모습을 그린 것이지." "이 작가가 여자라는 건 어떻게 알아?" "모르겠어. 느낌이야. 그냥 여자였으면

좋겠어. 이렇게 멋진 그림을 그리는 게 나와
같은 여자였으면 좋겠어. 그 시절에는 아무리
잘 그려도 여자라 빛을 발하지는 못했을
테지만, 지금은 여자 작가라고 무시당할
일은 없으니까. 그걸 애도하는 마음으로
여자였으면 해.”

나는 흑사병 속에서도 문화 폭동
속에서도 살아남은 꽃 그림을 본 순간
직감했다. 미아를 찾아야겠다고.

웨딩홀. 아니. 그림이 한 점밖에 남지
않은 미술관을 나와서 나는 곧장 베를린
예술대학을 찾았다. 학교는 그대로였다.
본관의 소실된 왼쪽 귀퉁이를 빤질빤질한
돌멩이로 메꾼 것을 제외하고는 다른 건물은
다 살아남은 것 같았다. 모두 제법 그럴싸한

모습을 갖추고 있었다. 그 옆에는 어느 부자가
새로 지어줬다던 비좁고 높은 신식 건물이
있었다. 과거에도 신식 건물이 하나 있긴
했지만, 그것마저도 신식을 표방한 올드 스쿨
스타일에 불과했다. 이번 건물은 오로지
학생들을 위해 지어졌는데, 얼마나 학생 수가
적은지 재학생들이 각각 한 방씩 차지하고
작업실로 쓴다는 이야기를 전해 전해 들었다.
고풍스러운 본관을 비롯한 나머지 건물들은
여전히 고고했고 매끈한 신관에선 돈 냄새가
났다. 어울리지 않았다. 둘은 이질적이었다.

　　마치 내가 처음 베를린에 도착했을
때를 떠올리게 했다. 나는 무엇을 닮았을까.
신관일까. 본관일까. 나는 아마도 본관의
저 왼쪽을 메꾼 새 돌멩이 같은 기분이었던
것 같다. 사람들이 억지로 끼워 넣은
동양의 예술인 한 명. 나나 그들이나

똑같이 먹고 자고 느끼는 사람이고 똑같이 굶고 있었는데도, 매 순간 필사적인 나와 달리, 이곳의 사람들은 여유가 넘쳤다. 이유는 알 수 없었다. 나만 이곳이 모국이 아니기 때문이었을 수도 있겠다. 사람들은 어째서인지 모두가 고통의 감각을 해탈한 것처럼 굴었다. 아니다. 진정으로 포기한 사람 같기도 했다. 이제는 풀뿌리가 다 해진 근처 공원의 천연 잔디에 널브러져 일광욕을 즐기며 짜리몽땅한 콩테로 크로키나 지금을 그려댔다. 그리고 쉽게 버렸다. 마음가짐이 달라서였을까. 자신감의 문제였을까. 이유는 모르겠지만 모두에게 보통의 일은 나에게 늘 도전처럼 다가왔다. 예로, 내게 강의를 듣는 일은 그 자체로 커다란 곤욕이었다. 강의실 문을 열 때마다 삐걱거리는 문소리에 노려보는 외국인들의

시선은 두말할 것도 없고, 동양인 체형에 맞지
않는 책걸상에 앉을 때마다 서러운 기분이
들었다. 언제나 땅에서 붕 뜬 다리로 높이
앉아서 수업을 들어야 했다. 그렇게 학교는
내게 외로움의 공간이었다. 나는 '전통적인
유럽식 건물'에서 수업을 듣는다는 이유
하나만으로도, 시공간적으로 모두 외따로
있는 것 같았다. 오랜만에 찾은 학과 사무실
문고리를 잡으려고 하는 순간 나도 모르게
웃음이 터지고 말았다. 문고리는 내 가슴 바로
아래까지 왔다. 역시 이곳은 변하지 않았다.
나는 지체하지 않고 문을 열자마자 조교에게
다가가 곧장 외쳤다.

"미아를 찾아주세요. 2071년에 나와 함께
학교를 다녔어요."

미아를 찾는 일은 쉽지 않았다. 우선 내가 이름 말고는 미아에 대해 아는 것이 없다는 게 큰 문제였고, 학과에서 나머지는 개인 정보라 자세히 알려줄 수 없다고 답했다. 2071년, 그때와 똑같이 '느가드 마우 미아'라는 풀 네임 외에는 아무것도 알 수 없었던 나는 미아의 삶을 되짚어봐야 했다. 우리의 대화 속에 미아의 삶에 대한 힌트가 있을 거라고 분명하게 생각했다. 그러나 그것도 쉽지 않았다. 생각해보니 미아는 1년 내내 아무 데도 가지 않았다. 내가 큰마음을 먹고 같이 작업실에 가서 크리틱이나 에튀드라도 하자고 몇 번 권유했지만 그마저도 듣지 않았다. 결국 우리 사이에는 공통으로 아는 사람조차 없었다. 게다가 미아는 작품에 대해 골몰하는 것 말고는 하고 싶은 것이 아무것도 없는 사람 같았다. 기숙사 방을 지키는 것은 언제나 미아였다. 유일한 외출은 미술관이나 마트, 서점에 가는 것 정도였는데, 그마저도 생존이나 작품을 위한 외출이었다. 식습관도 단순했다. 마트에서 아무렇게나 손질된 큼지막한 연어를 사다가 며칠간 나누어 먹었다. 그래서 깡말랐다. 스킨, 로션은 고사하고 선크림만 발랐다. 쓰레기를 모아서 콜라주하는 것을 좋아했다. 밝은 곳에서 잠드는 것을 좋아했다. 그것 말고 나는 미아에 대해 아는 것이 없다. 근 1년 동안 내가 함께한 사람은 도대체 누구였던 것일까. 나는 누구와 먹고 자고 살아왔던 것일까.

졸업 시즌이 다가왔다.

미대에서 졸업은 논문과 전시를 동시에 해내야 하는 힘든 시기다. 특히 졸업 전시를 할 때는 가장 예민한 나날을 겪게 된다.

유수의 미술관과 갤러리의 사람들이 미래의

인재를 유심히 살펴보러 오기 때문이다.

더군다나 베를린 예술대학은 명문 대학이라

경쟁이 더 심했다. 나는 전시 전 석 달간의

시간을 온전히 졸업 전시에만 투자했다.

주제는 아주 오래전부터 정해두었다.

이국인의 슬픔에 대한 그림을 그려야겠다고

생각했다. 그래서 이국인의 슬픔을 얼마나

완벽한 네모로 그려야 할지 그것만 생각했다.

로스코와도 말레비치와도 몬드리안과도

다른 네모여야 했다. 나의 네모는 김환기와도

달라야 했다. 한국의 단색화는 뛰어넘어야만

했다. 그래서 나는 나이프를 들었다가 붓을

들었다가 롤러를 들었다가 별의별 짓을 하며

앙파트망 기법으로 네모를 만들었다. 수십

개의 캔버스를 버렸다. 이국인의 슬픔을 내가

더 잘 표현할 수 있을까? 그럴 수 있을까? 생각했지만 나는 해내야 했다. 작가로 살아남기 위해서는 완벽한 네모를 만들어야 했다. 그래서 나는 마지막으로 〈하양 위의 하양〉이라는 작품을 발표했다.

이것은 말레비치와는 다른 하양이었다. 400호가 넘는 캔버스에 오묘한 흰색은 벌거벗은 임금님처럼 전혀 보이지 않았다. 내가 특별히 조색한 색으로 흰색이지만 캔버스의 색깔과 동일했다. 그것을 계속해서 한 번 더, 한 번 더, 그렇게 몇 번이고 덧칠에 덧칠을 한 흰색이었다. 그러니까 나는 그림을 그림으로써 그림을 그리지 않은 것이다. 그리고 옆에다가는 종이와 연필을 두었다. 당신만의 '하양 위의 하양'을 만들어달라고 썼다. 그걸 모아 나중에 작품으로 다시 만들 거라고 적었다.

교수님은 이 작품의 에스프리는 뭐냐고 물었다. 미아 말고는 절대로 받을 수 없는 질문이었다. 나는 늘 성실하게 그림만 그려왔으므로 이런 실험은 해본 적이 없었다. 그래서 긴장이 되었다. 더듬더듬 독일어로 말을 했다. "이국인이 겪는 슬픔을 말하고 싶었어요. 차별을 반성하며 홀로코스트 메모리얼을 만든 독일이지만 칭챙총 하고 지나가는 사람 역시 독일인이잖아요. 그들은 은근하게 나를 차별했어요. 나는 그걸 그리고 싶었어요. 그래서 온 힘을 다해서 나만의 흰색을 그려냈습니다." 전시회 감독을 맡은 교수님께 이 이야기를 했다. 교수님은 잠깐 골몰하더니 작품의 위치와 캡션을 어디다 둬야 할지 고민이라며 잘 알겠다고 하고 나를 돌려보냈다. 나는 찬찬히 교수의 표정을 살폈다. 오묘한 표정이었다. '네가 이런 것도

할 줄 알아?' 이런 표정. 그래서였을까. 나는
〈하양 위의 하양〉을 만든 뒤 미아를 이겼다는
묘한 만족감에 사로잡혔다. 특히나 400호
캔버스의 압도감은 이길 수 없을 거라고
생각했다. 미안하지만 미아에게는 400호의
캔버스를 주문 제작할 돈이 없다는 것을
알았다. 제아무리 천재라도 거대한 작품이
주는 압도감을 이기기 어렵다는 것을 알았기
때문에 나는 그날 아주아주 깊게 잠이 들었다.

　　그렇게 고대하던 전시회가 열렸다. 나는
벅찬 마음을 가지고 전시회장으로 향했다.
리허설이 있었던 전날 내 작품 옆에 미아
작품이 걸릴 것을 알고 있었지만, 어째서인지
내 작품 옆은 아직 준비가 덜 되었는지 텅텅
비어 확인하지 못했다. 당일이 되어서야 나는
전시회장의 내 그림을 봤다. 그림은 있는

그대로 잘 걸려 있었다. 물론 미아의 엄청난 대작 옆에 빛을 바랜 채로.

　　미아의 작품은 실로 놀라웠다. 제목도 단순했다. 〈타자〉라는 제목의 작품이었는데, 하필 나와 내용도 겹쳤다. 이방인에 대한 작품이라고 전시 가이드에 쓰여 있었다. 난민에 무국적자 이방인의 이야기는 내가 도저히 따라잡을 수 없는 사유였다. 여기서부터 망했다고 생각했다. 그리고 작품을 보고 나서 더 큰 패배감에 사로잡혔다. 미아는 자기 자신과의 약속을 정말 잘 지키는 작가였다. 피사체에 죄책감을 가졌다던 미아는 아마도 전 재산을 다 끌어다 썼을 150호 정도 크기의 캔버스에 극사실주의로 자신의 얼굴 절반을 그려놓았다. 그리고 나머지 절반의 얼굴은 찰흙으로 빚어 빔 프로젝트로 그림자를 쏜 희한한 작품이었다.
그러므로 당연히 그 절반은 그림자였다.
그림자 정도라면, 그래도 비벼볼 수 있겠다고
생각할 때쯤이었다. 역시 미아의 작품은
끝까지 봐야 했다. 그녀는 달랐다. 그림자는
시시각각 변하고 있었다. 검은 배경에 그동안
미아가 조소과에서 만들었던 수많은 오브제를
하나하나 다 담고 있었다. 어떤 감자와
브라운관 오브제에서는 시간이 길었고 TV
타워 오브제는 순식간에 지나갔다. 멈추다,
달리다, 걷다가, 이윽고 사라졌다. 마지막에
반만 남은 미아의 얼굴 앞에서 나는, 굳은
채로 아무 말 못 했다.

이런 게 부관참시인가.

천재의 작품 옆에서 같은 주제로 만든

내 작품은 심각하게 볼품없어 보였다.
캔버스가 커서 더더욱 주목받으니 창피함은
배가되었다. 미아의 작품 앞에서 사람들은
모두 메모를 하기 시작했다. 어린아이부터
나이가 지긋한 노인까지 모두의 눈길을
사로잡았다. 모두가 미아의 작품에서 눈을
떼지 못했다. 그러나 전시 내내 참여도가
가장 높은 것은 내 작품이었다. 모두가 내 흰
벽에 낙서하고 싶었던 것 같았다. 그 일은
나에게 전혀 위로가 되지 않았다. 오히려 더욱
비참했다. 미아는 우리를 바보로 만들었다.
그리고 나를 가장 최악의 바보로 만들었다.
미아의 옆에 걸린 죄로 나는 몰매를 맞은
기분이었다. 교수님께 따져 묻고 싶었다.
'왜 하필 저는 미아 옆인가요?' 미아 옆에
그냥 흰 공백이 필요했던 것은 아니었을까.
그런 생각까지 들었다. 나는 퍼뜩 베를린의

후미진 길거리에서 우리가 밤새 되고 싶다고
염불하던 것, 한 끗 차이의 대단한 천재, 현
세상이 알아주는 천재는 미아였다는 생각이
들었다. 그 생각이 확신으로 바뀌기 시작한
순간부터, 나는 미아를 대하는 것이 점점
불편해졌다. 어차피 전시가 끝나면 학교도
끝이라는 좋은 핑계가 있었지만, 그것은 정말
핑계에 불과했다. 미아와 나는 독일에서
가장 친밀하게 지냈지만 결국 파국으로
끝났으니까. 이건 내 열등감 때문이다.
빌어먹을. 인정한다. 이 열등감이 결국 미아를
마주하지 못하게 했다. 그림을 훔칠 수도 베낄
수도 없는 사유를 가지고 있는 네가, 설렁설렁
그리는 네가 너무 위대해서. 조소과로 옮긴
뒤 만든 수많은 오브제를 작품에 녹여내는
큰 그림을 그리는 그녀의 재능을 나는 감히
시기하고 질투했다.

독일에서 대표적으로 일찍 죽은 천재를 꼽으라면 나는 샤를로테 살로몬을 꼽고 싶다. 그녀는 스물여섯 살에 아우슈비츠 가스실에서 목숨을 잃는다. 그녀는 〈나의 삶은 삶인가? 아니면 연극인가?〉라는 대표작을 남겼는데 공포로 아름다운 삶을 창조했다. 그녀는 유대인이었고, 독일에 살고 있었으므로 삶은 늘 죽음과 맞닿아 있어 그랬을 수 있겠다. 또 다른 예술가를 들어보자. 에곤 실레는 오스트리아 출신이었다. 그의 작품에는 천재성이 있었지만 피사체인 모델에 대한 과잉된 감정이 담겨 있다. 그래서 모두를 불편하게 했다. 실제로 불편한 일도 많이 있었다. 기행도 만행도 많이 저질렀고 잘못도 많이 했다. 그러나 그의 작품을 폄하하는 사람은 아무도 없다. 마지막으로 아나 멘디에타에 대해서 말해보고 싶다. 그녀는

퍼포먼스 보디 아티스트였는데 쿠바 출신의
난민이었다. 그러나 〈실루에타〉 연작으로
작품성을 막 인정받고 있음에도 불구하고
서른일곱 살에 자신의 맨해튼 아파트에서
몸을 던진다. 모두 일찍 죽은 작가다. 죽기
직전 인정받거나 죽은 후 한참 뒤에나
인정받았다는 것이 이들의 공통점이다.
미아도 그랬다. 언제나 죽음과 맞닿아 있었고,
난민이며, 피사체에 과잉된 감정을 가지고
있었다. 앞선 천재들의 일화를 살펴본다면
이런 의문을 가지는 것은 당연하다. 과연
미아는 살아 있을까? 나는 예술 공부를
하면서 한 번도 미아의 이름을 들어본
적이 없었다. 그러므로 가설은 두 가지로
나눌 수 있다. 미아가 예술을 그만뒀거나
미아가 죽어버렸거나. 카타가 그랬던 것처럼
미아도 결국에는 그렇게 되어버렸다는

것 말고는 설명이 되지 않았다. 미아 같은
천재는 세상에서 사라져버릴 사람이 아니다.
예술을 하고 있다면 내가 모를 리가 없다.
나는 이름을 얻기 위해서 미친 듯이 미술에
집착했다. 뭐든 희생해도 아깝지 않았고 삶이
망가져도 괜찮았다. 그림이라면, 그림을 그릴
수만 있다면 뭐든 할 수 있었다. 그래서 늘
시장과 경향을 탐구했다. 그러므로 미아가
예술을 한다면 내가 모를 리가 없다. 그렇다면
정말로 궁금해진다. 미아는 정말, 정말로
어디로 사라져 버렸을까.

　　오늘의 베를린은 고요하다. 어제처럼.
이곳의 사람들은 필요한 대화만 나눈다.
나는 무채색 옷을 입고 마로니에 나무가
좌우로 가득 심긴 길을 걸으며, 무언의
언어를 배웠다. 굳이 미안하다고 말하거나

굳이 고맙다고 인사하지 않는 것이 중요하다.
익스큐즈미와 땡큐는 촌스럽고 불필요한
말이다. 내가 문을 잡아달라고 말하기 전까지
도움을 주어서는 안 된다. 불필요한 도움은
상대방을 더 불편하게 할 수 있기 때문이다.
그래서 인간이라는 보통의 존재가 깨쳐야
하는 모든 사회성을 다 덜어내고 필요한
것만 남기는 것이 독일인이 아닐까 생각했다.
사람에 떠밀려 자전거도로로 잠시라도
걷게 되면 그 사람에게 욕설을 퍼붓는다.
기다렸다가 사람의 길로 걸어야 하는 것이다.
엘리베이터는 정말로 아픈 사람만 탈 수
있도록 키를 가지고 벨을 눌러주는 사람이
따로 있다.

　　그러나 밤이 되면 그들은 돌변한다.
길가에서 맥주를 마시고 병을 깨트리고
잔뜩 취한 채로 노래를 부른다. 처음 보는

사람에게 물 풍선을 마구 던진다. 다음 날의 해가 비스듬히 얼굴을 내보여도 치우지 않는다. 길거리에 화장실이 없다고 나무나 수풀에 노상 방뇨를 스스럼없이 하며 집으로 엉금엉금 돌아간다. 신기한 일이다. 조금씩 용인되던 일들이 하나도 용인되지 않거나, 한국에서는 상상도 할 수 없을 만큼 도덕이 다 묵살되는 이 세상의 룰을 나는 아직도 이해하지 못했다. 나는 베를린의 모순을 생각하고 생각했다. 베를린의 널리고 널린 그라피티 앞에서 포즈를 취하는 관광객을 보며 생각했다. 그라피티는 합법인가, 불법인가, 아니면 동전의 양면 중 가운데인가? 그렇다면 베를린에서 그라피티 아티스트란 룰을 지키는 사람일까, 어기는 사람일까, 아니면 양면의 동전처럼 뒤집기를 반복하는 사람인 것일까?

예전에 한 예술가는 또 다른 세계를
꿈꾸고 있었어. 그녀는 자신의 꿈을 비웃는
사람들 앞에서 동전을 책상에 곧게 세웠고
그것은 새로운 발견의 시작이었지.

나는 걷는다. 자전거도로를 피해 걷는다.
걸음보다 신호가 훨씬 빨리 바뀌는 베를린의
도로를 걷다가 이내 뛰어서 횡단한다.

생각한다.

무언으로 질의하고 무언으로 답하는
것은 독일에서 흔한 일이다. 그걸 잠시 잊은
나는 혼잣말을 중얼거린다. 혼잣말로 무언의
무엇을 깨트린다. 잊지 마. 유리. 여기는
빌어먹을 독일이라고.

늦은 10월. 베를린은 늘 비가 내렸다.
우산은 필요 없었다. 밤과 새벽으로
내렸을지도 모를 조용한 비가 한참 쏟아지다
언제 그랬냐는 듯 아침이 밝으면 그치곤
했다. 그렇게 나는 매일 젖은 땅을 밟고
미술관에서의 시간을 마치면 미아를 찾다가
하루치의 장바구니를 가득 채워 숙소로
향하는 일을 반복했다. 어제처럼 하늘은
언제고 무너질 것같이 흐렸다. 뿌옇게
당장이라도 무슨 일이 일어날 것 같았다.
좁고 긴 강을 따라 달리는 사람들, 그리고
그 사이 벤치에는 노숙자가 몸 안의 척추를
길게 늘인 만큼 조그맣게 웅크리고 누워
있었다. 도시의 점이 된 그들은 어제 어디서
비를 피했을까. 나는 물기를 가득 머금은
건너편 벤치에 앉아서 생각했다. 나란히
생각했다. 미아를, 하루에 하나씩 지붕을

찾아다니다 결국에는 지붕 없는 하루를 보낼
수도 있을 미아를. 그러니까 미술관 옆에
터를 잡은 노숙자를 보며 집이 없는 미아를
생각했다. 무관심이 질서가 된 이곳에서
미아는 어쩌면 이 벤치에 앉았을 수도 있다.
그러나 아무도 미아가 그 유명한 '미아'인 줄
몰랐으리라 생각했다. 미술관 앞에 살면서도
얼마나 뛰어난 예술가가 코앞에 살고 있을지
관심도 없을 테니까. 예술가에 대한 관심은
해묵은 그라피티에나 있다. "예술가에게
생존을"이라는 말이 낙서처럼 적혀 있는
곳에서 점이 된 미아를 나는 생각했다. 점에서
먼지가 되었을지도 모를 미아를 생각했다.
봇짐을 두 개 정도 양손에 가득 안고,
환급금을 받기 위해 길가에 널린 빈 병이나
페트병을 주우며 다니는 미아를 생각했다.
그러다 미술관 앞에서 쭈그리고 숨을 고르다,

사정이 좋아 보이는 사람을 만나면 용기를 내
말을 걸었을 것이다. '캔 유 스피크 잉글리시,
마담?' 묻고 화장실에 들어갈 수 있을 만큼의
적은 돈을 적선받는 미아를 나는 생각했다.

　'저는 난민입니다. 우리 아이들은
굶고 있어요. 적은 돈이라도 좋으니 저를
도와주세요.'

　방금 히잡을 쓴 여성으로부터 이런
쪽지를 받았다.

　'마담?' 하고 미술관 앞에서 묻는 미아를
다시 상상해본다.

　나는 호주머니를 뒤적이다 가장 두꺼운
동전 2유로를 그녀에게 쥐여주었다.

아주 오래전의 일이다. 이건 내가 미아와 졸업 전시를 하기 전의 일이다. 우리는 기숙사 옆에 있는 뷔허보겐 서점에 자주 갔다. 당연히 사람은 고사하고 개미 새끼 한 마리도 없었는데, 발걸음은 늘 문학 코너로 향했다. 가서 아무도 읽지 않을 것 같은 시집을 골라 우리의 방 번호와 같은 136쪽에 편지를 써 넣어 이야기를 나누곤 했다. 우주 쓰레기 때문에 전파가 불안정해서 문자 메시지를 80자만 남길 수 있었기 때문에 시작한 일이었지만 나중에는 일기처럼 서로의 내밀한 이야기를 나눌 수 있었다. 나는 미아에게 "왜 136쪽이야?"라고 물었고, 미아는 "아무리 짧은 책도 독일에서는 136쪽은 넘어" 하고 웃으며 대답했던 기억이 난다. 우리는 거기 예민한 문제들을 적어두었다. 말로 하기에는 조금 그렇고 단문의 메시지로 닿을 수 없는 말들. '미아야, 나야. 요즘 네 자리가 더러워서 벌레가 생기는 것 같아. 여름이잖아. 주의해줬으면 좋겠어'라는 말을 실제로 뱉으면 큰 싸움이 생길까 두려워 구구절절 적은 것으로부터 편지는 시작되었다. 아무튼 우리는 같이 산다는 이유로 내밀한 사이가 되었다. 그래서 진짜 사생활을 공유하기도 했다. 물론 대부분 고백을 하는 쪽은 나였고 미아는 듣는 편이었다. 그렇다고 미아가 편지를 쓰지 않은 것은 아니었다. 그녀는 늘 난민의 삶이 얼마나 척박한가에 대해서만 토로했다. 가족이 몇인지, 원래 살던 곳은 어떻게 되었는지조차 말하지 않았다. 그냥 감자가 너무 먹고 싶다는 이야기를 자주 했다. 물고기를 먹을 수밖에 없는 가난한 삶이 싫어서, 나중에 부자가 되어 채소를 왕창 먹을 거란 이야기를 했다. 그래. 미술만 아니면

우리의 삶은 평화로웠다. 정말로 미술만
아니면 우리는 안전한 사이였다. 더할 나위
없이.

　　아주 오랜 시간 뒤에 찾은 뷔허보겐
서점은 그대로였다. 국립 도서관이 모두
불타버린 이 시대에 살아남아 있다는 게
기적처럼 느껴질 정도로, 살아남아 있었다.
다만 어색하게 '아름다운 조경', '미학적인
농작물 가꾸기' 등등의 섹션이 새로 들어와
있었다. '예술 서점으로 살아남기 위한 마지막
타협이 저것이었겠지' 생각했다.
　　나는 익숙하게 걸음을 옮겨 우리가 자주
편지를 꽂아두던 시집을 발견했다 제목조차
《차마 펼치지 못한 이야기》인 그 시집은
30년째 그곳에 꽂혀 있다고 서점원이 말했다.
그 책의 136쪽은 늘 그대로였다. "고요한

아침이다"와 같은 당연한 말들로 가득 찬
후진 시가 그대로 보존되어 있었는데, 커피
물에 잔뜩 적신 것처럼 이제는 누렇게 떠
중고 장터로 향하기 직전처럼 보였다. 책은
지나치게 두툼해 보였다. 이상했다. 나는 아주
오래된 습관처럼 136쪽을 펼쳤다.

지나치게 두툼한 책의 136쪽에는 편지 한
통이 들어 있었다. 미아였다.

유리, 안녕. 나 미아야. 한국에 다시
돌아간다며. 박사는 하지 않는다고 학과
사무실에서 우연히 들었어. 그럼 우리 방을
쓸 날이 며칠 남지 않은 것 같은데, 네가
어쩐지 나와 이야기하고 싶어 하지 않는
것 같아서 이렇게 쪽지를 보내. 나는 졸업
전시로 온 힘이 쭉 빠져서 아무것도 그리고

싶지 않아졌어. 이 시간이 얼마나 지속될지는 모르겠지만, 피사체를 위해 피사체를 만드는 일 역시 피사체에게 폭력적이라는 생각이 들어서 그만둘까, 그런 생각을 했어.

얼마 전에는 훔볼트 포럼에서 내 졸업 작품을 사고 싶어 한다는 이야기를 들었어. 보나 마나 수장고행일 테지만 그래도 그림을 그리고 뭔가 많은 사람들에게 알려질 기회를 얻게 된다는 게, 처음으로 돈 걱정 없이 그림을 그릴 수 있을지 모른다는 설렘에 벅찼었어. 그렇게 처음으로 욕심이 생겨서 관계자와 몇 번의 미팅도 가졌고 아주 심도 깊게 이야기를 했는데, 빌어먹을 국적이 또 문제더라고. 나는 그림을 팔 수가 없었어. 독일의 일이라는 게 너도 알다시피 서류에서 시작해서 서류로 끝나잖아. 근데 나는 서류를 주고받을 수 없는 사람이잖아. 그래서

무산됐어. 미술관 현관 앞에 쭈그리고 앉아서
계속 생각했어. 나라 없이는 그림을 그려도
영원히 팔 수 없구나. 내 그림은 영원히
몰스킨 안에서 세상의 빛을 보지 못하겠구나.
슬펐어. 그동안 나는 무엇을 위해 살아왔던
것일까. 부모도 형제도 나라도 없이 나에게는
오직 나뿐이었는데. 처음으로 누군가 내
옆에 있어줬으면 좋겠다고 생각했어. 그래서
그 모든 것을 다 가진 네가 너무 부러웠어.
나라가 있는 네가. 가족을 가진 네가. 그림을
마음껏 그리고 팔 수 있는 네가. 고지대의
시민권을 가진 네가.

　　몰스킨의 한 페이지를 빼곡히 채운
이 편지가 몇 년 동안 나를 하염없이
기다리고 있었다. 그러나 나는 이 와중에도
훔볼트 포럼에서 미아를 눈여겨봤었다는

부분에 한참 머물렀다. 그래. 미아는 이런
애였지. 그날의 빔 프로젝트는 정말 눈부신
스포트라이트 같았다. 나는 그 옆에서 어쩔
수 없이 미아 작품의 그림자를 온전히
받들고 있었다. 그래서 내 작품은 희지만
희다는 것을 아무도 느낄 수 없는 괴이한
작품으로 끝났었다. 홈볼트 포럼의 사람들이
스포트라이트 옆에 걸린 큼직한 내 작품도
잠시 눈여겨봐 줬더라면 나는, 너는, 우리는
조금 달라졌을까? 나는 이 생각을, 꼬리를 문
이 생각을 놓칠까 두려워 재빨리 펜을 들었다.
그리고 유려하게 적어 내려갔다. 미아의
편지에 답장할 차례였다. 이제는 이게 우리를
연결할 유일무이한 신호였다. 부디 잘 가
닿기를 바라며, 편지에는 이렇게 적었다.

안녕, 미아. 잘 지내고 있어? 나는 지금

베를린에 왔어. 몇 년 만인지 모르겠어. 너는 어떻게 지내? 나는 부끄럽지만 모작 작가가 되었어. 모작 작가가 되었는데 유명해져서 베를린으로 전시를 왔어. 너도 알 거야. 문화 폭동으로 소실된 작품들을 미디어 아트로 전시하는 것 말이야. 내가 그걸 하고 있거든. 우습지. 나는 학교 다닐 때 네모를 열심히 그리던 학생이었는데. 유화를 너무 사랑해서 붓으로, 이 거지 같은 붓으로 열렬히 그리던 것을 그리던 사람이었는데 지금은 전혀 어울리지도 않는 일로 이렇게 먹고살고 있어.

전시 때문에 베를린을 왔는데 우리 생각이 많이 났어. 미아. 나에게 베를린이란 미아 네가 전부야. 그래서 우연히라도 너를 만나고 싶었어. 너와 함께했던 장소를 모두 가봤지만 다 소용없었어. 미아는 어디에도 없다고, 그런 사람은 모른다고, 본 적도 없는

사람들이 그렇게 이야기를 하더라. 그래서
나는 지금 절박한 심정으로 편지를 남겨.
미아. 내가 지금 하고 있는 일을 네가 봤다면
넌 뭐라고 했을까. '위대한 모작 작가가
되었다니 대단한데!' 하고 농담을 건넸을지도
모를 일이지. 나는 너를 만날 수 없으니까
상상력을 자주 펼쳤어. 너는 지금 이름을
바꾸고 살고 있을지도 모른다고 생각했어.
어쩌면 너의 오랜 꿈처럼 부자를 만나서
슈프레강을 멀찍이 바라보며 감자를 왕창
먹고 있을지도 모른다고 생각했지. 어쩌면
나처럼 이름 없는 예술가로 활동하느라 내가
찾을 수 없는 거라고 생각한 적도 있어.

　　미아 너는 작품도 잘 만들었지만 제목도
잘 지었잖아. 충분히 다른 예술도 잘할
거라던 교수님의 말씀이 생각났거든. 미아.
늦었지만 정말로 너무 늦었지만 이제라도

사과하고 싶어. 마지막에 그렇게 인사도 없이 떠나버려서 미안하다는 말을 하고 싶어. 바보같이 그때는 언제고 언제든지 나는 너를 찾을 수 있을 거라고 생각했어. 너는 천재니까. 늘 빛이 났으니까. 국적 따는 것쯤은 일도 아닐 거라고 생각했지. 세상은 여전히 천재를 원하고 천재를 위한 비자는 많으니까. 넌 예술가로, 내가 선망하는 예술가로 영원히 남을 줄 알았어. 그래서 지구 반대편에서 네 소식을 듣는 것쯤은 구글링 하나면 다 해결될 줄 알았어. 그런데 어째서 네가 아닌 내가 예술을 하고 있는 걸까. 나는 모르겠어. 다음에 나는 어떤 사람이 되어 있을까.

미아. 나는 학교 다니는 내내 너의 그림자였는데, 그게 죽기보다 싫었는데, 지금은 그게 내 밥벌이가 되어버렸어. 있잖아.

얼마 전까지 나는 고흐였어. 〈별이 빛나는 밤〉을 작업했지. 다음에는 프리다 칼로가 예정되어 있지. 프리다 칼로의 눈에서 눈물이 흐르게 해야 하는데, 이러다 미술 작가가 아니라 개발자가 되는 건 아닌가 몰라.

미아. 너에게만 내 진심을 고백하자면 나는 사실 아직도 네모가 그리고 싶어. 여전히 멋진 네모 말이야. 그래서 더 네 생각이 났을 수도 있겠어. 이곳은 내가 가장 치열하게 네모를 그리던 곳이고, 너는 유일하게 나에게 멋진 네모를 그린다고 말해준 친구였으니까. 이걸 읽는 기적이 일어난다면 꼭 답해줘. '유리. 미디어 아트.' 이렇게 검색하면 어디서든 나를 찾을 수 있어. 이젠 네가 나를 찾아줘.

공항에 앉아 미아에게 보낸 마지막

편지를 떠올렸다. 분명 더 할 말이 있었던 것 같은데 못 마치고 떠나는 기분이 들었다. 배웅을 나온 전담 스태프가 황망하게 서 있는 나를 툭툭 치고 물었다. "작가님, 이번 베를린 여정은 어땠어요?" 나는 아무것도 이루지 못했다. 그냥 과거에 매여 있는 나를 발견했을 뿐, 여전히 네모를 그리고 싶은 나를 발견했을 뿐, 아무것도 건지지 못했다. 그래. 내가 진짜 하고 싶은 것은 그게 아니었다는 사실만 알게 되었다. 그러나 나는 당장 한국에 떨어지는 순간부터 프리다 칼로가 되어야 했다.

프리다 칼로는 아주 오래전 이런 말을 남겼다. "절대적인 것은 없다. 모든 것은 바뀌고, 모든 것은 움직이고, 모든 것은 회전하고, 모든 것은 떠오르고 사라진다"라고.

내일부터 척추를 부러트리고 디에고
벨라스케스를 사랑해야만 하는 나는.

프리다 칼로 이름 뒤에 사라져야만
빛나는 나는.

돌아오고 싶지 않았다. 미아를 만날
때까지, 내가 비로소 나일 때까지 베를린에
머물고 싶었다. 머물며 오래된 나를 찾고
싶었다. 그리고 해묵은 해답을 듣고 싶었다.
내가 사라지기 전에, 내가 가장 시기했던
너의 눈을 마주치고 묻고 싶었다. '미아. 정말
나는 계속 네모를 그리면 안 되는 걸까?' 묻고
싶었다. '유화는 안 되는 걸까?', '움직이지
않는 그림은 더 이상 가치가 없는 것일까?'
그럼 미아는 웃으며 말해줬을 거다. '이
네모는 너만 그릴 수 있는 거'라고. 그리고

'하고 싶은 것을 밀고 나가'라고 말해줬을
거다. 그러나 나는 하고 싶은 것을 밀고
나갈 이름이 없었다. 이번에도 나는 빈센트
반 고흐였다. 죽은 고흐 대신 전시를 했고
관람객에게 감사 인사를 건넸다. 사랑해줘서
고맙다고. 나에게 관심을 줘서 고맙다고
말했다. 고흐가 권총으로 머리를 날리기 전에
이 모습을 봤다면 얼마나 우스웠을까. 웬
동양인이 자신의 그림을 망쳐놓고 자신의
이름과 명예를 다 훔치는 모습이라니. 그러나
나는 스태프에게는 진심을 숨기고 이렇게
말했다. "너무 좋았어요. 또 초청해주세요."
스태프는 한껏 고조된 목소리로 답했다.
"다음에는 모딜리아니로 모시고 싶어요. 그 텅
빈 공허한 눈빛을 모션으로 줌인, 줌아웃해서
볼 수 있으면 얼마나 좋을까요? 작가님의
다음 작품도 기대할게요." 어색한 미소로

답한 후 나는 게이트에서 스태프에게 손을
흔들었다.

  발권을 하고 한국행 비행기를 기다리며
생각했다. 모딜리아니를 기대한다는 걸까,
내 기술을 기대한다는 걸까. 나는 누구일까.
나는 작가인가, 작가가 아닌가. 혼란스러웠다.
손에 들고 있던 빳빳한 비행기 티켓이
축축이 젖을 때까지 식은땀을 흘렸다. 재빨리
주머니에서 공황장애 알약을 꺼내 입에 털어
넣었다. 비행기에 어떻게 탔는지 모르겠다.
연신 거친 호흡을 내쉬며 비행기 창 밖으로
멀어지는 베를린을 보고 생각했다. 나는
아무것도 이루지 못했다. 줄어든 종이 서류들,
투박하기 그지없던 음식들이 세련되게 접시
위에 올려진 것을 보았다. 베를린 돔 안에서
자신을 원망하며 아슬아슬하게 믿음을 지키는
사람들도, 샬로텐부르크성 공원의 풀 죽은 양

떼들도 모두 사라지고 없었다. 하루가 멀다 하고 그라피티 위에 덧바른 페인트 위에 다시 그라피티를 그리고 다시 페인트를 덧바르는 사람도, 한 손에 맥주를 들고 트램을 타는 사람들도 모두 어디로 갔을까. 생각했었다.

물론 변함없는 것도 있었다. 미아를 찾는 그 급박한 와중에도 프레첼과 슈니첼은 맛있었다고 생각했다. 환급금을 받기 위해 페트병을 찾아다니는 홈리스도 여전했다. 창가에 자리를 잡고 CCTV 대신 조용히 이웃의 안전을 지켜주던 노인도. 분데스리가 경기 하나에 목숨을 건 듯 목청껏 응원가를 부르는 시장 사람들의 모습에 나 역시 활기를 찾았다. 화방 모둘러와 바즈너도 규모가 많이 작아졌을 뿐 굳건히 자리를 지키고 있었다. 이젤도, 이젤 앞 스케치북에 세 시간 동안 아무것도 그리지 못하는 학생들도 여전히

있었다. 마치 그 옛날의 나처럼. 연필로
가늠하며 세계를 바라보던 내게 베를린은
여전했다. 여전하면서 달랐다. 우리는 몇 년
뒤, 아주 다른 모습으로 비슷한 서로를 마주한
셈이다. 베를린도 이름만 빼고 거반 다 변한
것처럼, 그때의 베를린도 나도 이제 이곳에
없다. 과거로 회귀하고 싶은 서로만 남았을
뿐. 나는 그걸 이제서야 내 눈으로 선명하게
확인했을 뿐이었다.

　까무룩 잠이 들었다.

　이코노미는 몇 번을 타도 불편하다. 쉽게
적응하기 힘들다. 난기류로 멀미를 하는
바람에 기내식은 하나도 먹지 않았다. 다만
내가 막 눈을 떴을 때는 한국에 도착했다는
기내 방송이 울리고 있었다. 마음이 급한
한국 사람들은 이제 막 땅에 발을 디뎠을

뿐인데 캐리어를 내리고 휴대전화의
비행 모드부터 껐다. 수십 개의 알람이
여기저기서 울리고 있었다. "한국에 오신 것을
환영합니다." 기장의 안내 방송이 있었다.
나 역시 휴대전화부터 봤다. 프리다 칼로는
할 일이 많다. 부서진 척추로 자기 자신을
그리려면 할 일이 많다. 미치광이를 사랑하는
일은 자기 자신을 사랑하는 것만큼 힘든
일이다. 예상했던 대로 다음 전시 일정으로
휴대전화에서는 끊임없이 알림이 왔다.

　　알림의 끝에는 흥미로운 메일 제목이
있었다.

　　"Hallo, Yuri. Suchen Sie Mia(안녕, 유리.
미아를 찾고 있나요)?"

잠시, 엄지손가락이 휴대전화 액정에
가까워졌다.

멀어졌다.

"저기요, 아가씨 뒤에 사람 많으니까 좀
빨리 지나갈 수 없어요?"

뒤로 긴 줄이 늘어서 있었다. 잔뜩 짐을
들고 있는 유학생부터 유럽 관광을 막 마친
여고 동창으로 보이는 아주머니들, 삼삼오오
양주 몇 병을 든 아저씨들의 목소리가 나를
툭툭 쳤고, 물었다. 메일 하나가 도착했을
뿐인데 나는 비행기 통로에 서 있는 사람들의
눈초리도 느끼지 못했다. 나는 발걸음을
조금씩 옮기며 한참 동안 메일 제목을
쳐다보았다.

보낸 사람의 이름은 존재하지 않았다.

한국에 도착한 지금
'미아'를 찾으면 내 인생은 얼마나
망가지게 될까.

여기는 베를린이 아닌데.
나는 끝끝내
메일을 열지 못했다.

작가의 말

　그해 베를린은 선명한 가을이었다. 나는 시리아 난민의 택시를 타고 우크라이나 깃발이 우뚝 솟은 미술관에 들어갔다. 가족은 어디에 있는지 몰라요. 우리는 뿔뿔이 흩어져 살고 있어요. 아마 여동생은 내가 살아 있는 줄도 모를 거예요. 운이 좋으면 죽기 전에 마주칠 수 있겠죠. 말했던 기사님의 말이 생각나서 그림을 제대로 볼 수가 없었다. 모든 색에 검정을 섞었을 것 같은 침침한 작품을 보며 전쟁에 대해서 자주 생각했다. 지금도 내가 이 그림에서 저 그림으로 발걸음을 옮기는 이 순간에도 누군가는 죽고 누군가는 피난을 오고 있겠지. 마음 한편에 어슷하게 엮은 집을 지어놓고, 놓고 온 집을 계속해서 그리워하겠지. 내가 여기 베를린에서 마음 붙일 곳이 없어 괴로운 사람이라면, 난민은 마음을 붙여야만 살아갈 수 있는 사람들이다. 그들은 지금 이곳에 마음을 붙였을까. 아니면 마음이란 평생 붙일 수 없는 것일까.

나는 전쟁을 그린 그림 앞에 오래 머물렀다.

이야기는 여기서 시작되었다.

2023년 4월

이소호

나의 미치광이 이웃

초판 1쇄 발행 2023년 5월 17일
초판 3쇄 발행 2024년 12월 10일

지은이 이소호
펴낸이 최순영

출판2 본부장 박태근
스토리 팀장 김소연
편집 곽선희 김다인 김해지
디자인 이세호

펴낸곳 ㈜위즈덤하우스 **출판등록** 2000년 5월 23일 제13-1071호
주소 서울특별시 마포구 양화로 19 합정오피스빌딩 17층
전화 02) 2179-5600 **홈페이지** www.wisdomhouse.co.kr

ISBN 979-11-6812-710-4 04810
　　　 979-11-6812-700-5 (세트)

값 13,000원